JN205438

天部の戦い

白龍虎俊
HAKURYOU TAKETOSHI

幻冬舎MC

天部の戦い

序章

まだこの世の三次元が不安定であった、とある昔、この世と神仏が住む世界に起こった物語である。

この物語はファンタジーではなく、我々が〝光の存在〟と呼ぶ神仏から直接伝えられた、天部の戦いを伝える小説である。

この小説は、今、我々が生きている世界を正しい方向に導くために、陰から支え、人々を救おうと願った天界の神仏と、それらの神仏とともに活躍した英雄たちの苦悩と活躍を描いた〝物語〟である。

この世の光と闇がまだ明確に定まっていない、とある時代、次元や時の流れがゆらぎ、神仏と人々が重なり合っていた。その時代は、神仏がたびたび人界に現れ人々を導いていた。

それらの高次元の〝光の存在〟である神仏たちとこの世を救おうとした英雄たちが織りなす行動が、世界でも類を見ない日本独自の文化を育んできた。これがこの日本という国の真の姿である。我々が知る史実のある部分は、時の権力者などにより都合のよいように書き換えられた幻影とも言える。

我々が生きている世界を正しい方向に導くために、神仏とともに活躍した英雄たちの苦悩と活躍を描いた、この〝真実の物語〟を知ることで、我々は、今の世界の矛盾に気づき、人としてどう生きるべきかに気づき、そして、我々の世界の正しい未来のビジョンを獲得することができるであろう。

［注］〝光の存在〟とは、我々が、抽象的な意味でよく使う神仏に当たるが、実は、その存在は〝高次元の知的エネルギー生命体〟を意味する。

目次

第一章

天界で奪われた三種の神器

旱天の清涼なる風がやわらかく頬を撫でていく。静寂の中、浅沓《あさぐつ》が土を踏みしめる音が耳に心地よく響く。

弁財天は従者の引く牛車の前簾《まえすだれ》を開け、払暁《ふつぎょう》の世界を眺めていた。東の空に燃えるような朝焼けが広がっている。蓮田《はすだ》の睡蓮が大きな花を咲かせ、芳醇な香りを漂わせている。群れからはぐれてしまったのか、一羽の渡り鳥が南方へと飛び立っていく。旅の道すがら、日ごとに異なる景色を見られることは、ひそやかな楽しみであった。

「牛馬《ぎゅうば》や」

「いかがいたしましたか、弁財天さま」

のびやかな音で弁財天の呼びかけに応じたのは、弁財天の道中に付き添う十五童子のひとり、牛馬童子であった。牛馬は生類に慈悲の心を寄せるやさしき童子で、牛車を引く牛と守護神である二匹の白狼、仁《じん》と徳《とく》の世話を一手に引き受けている。

「これほど穏やかな世の中が訪れるとは、不思議なものじゃのう」

「御意にございます」

牛馬は過去に思いを馳せるように遠い目を見せた。

「あの頃は、天部に閻魔が降り立ったかと思うほどの惨状でございました」

「そうじゃったのう」

「飼っていた牛も馬も、野山を駆け回っていた兎も狐も、鳥も魚も虫も、皆、いなくなってしまいました。戦いが終わらなければ、地上に逃げたまま戻ってこなかったかもしれませぬ」

「そうなったかもしれないのう」

「こうして穏やかな日々を過ごせるとは、ゆめゆめ思いもしませんでした」

「そうじゃのう」

弁財天は牛馬の語りかける一つひとつの言葉に深くうなずいた。実感の伴う首肯であった。

「どれほどのときが過ぎたのか、今となっては判然とせぬが、天部の底が抜けてしまうかと思うほどの争いじゃったな」

争いとは、帝釈天と阿修羅王との壮絶な戦いのことである。

帝釈天は、仏教を代表する守護神のひとりであり、梵天とともに釈迦に仕える。善行を尊び、悪行を諫《いさ》める神である。才知に長けるだけではなく、筋骨隆々である。手には雷を操る金剛杵《こんごうしょ》を持ち、白象に跨っている。

阿修羅王は、仏教守護の八部衆に含まれ、血気盛んで好戦的である。独自の特性により三つの顔と六本の腕を持ち、戦闘の場においてはひとりで数人の神と伍する働きをする。

戦いが始まった理由はこうである。

阿修羅王が君臨する惑星の民は、からだに顔や手を多くつけるなど、神々の意思に反する誤った進化を遂げていた。阿修羅王自らが己のからだを改造し、彼が率いる阿修羅の民は、好戦的であるゆえに近隣の惑星に攻め入って勢力を増やしていった。その阿修羅王の行為が、天界の平和を乱すものとして、帝釈天の逆鱗に触れた。

阿修羅王の勢力拡大を快く思っていなかった帝釈天は、いずれ武力によって制止しようとしていた。

一方、阿修羅王は、帝釈天が自分の娘である弁財天に惚れ込み略奪しようとしていると勘違いし、激怒していた。

このような帝釈天と阿修羅王との軋轢が積み重なることで、大きな火種に発展していった。そして、ついに争いが起こった。

その戦いは互いの軍勢を巻き込み長く続いた。その果てが見えぬようであった。天部の地平は戦渦に巻き込まれ、業火に焼かれた。ありとあらゆる生物が逃げ惑った。住処を奪われた神々はある山の頂に退避し、ときが経るのを待った。

どれほどのときが過ぎただろうか。ある日、帝釈天と阿修羅王の戦いによって引き起こされていた暴風がぴたりとやみ、辺りが静寂に包まれた。神々は顔を見合わせ、帝釈天と阿修羅王のようすをたしかめるために山を下った。

弁財天は十五童子を引き連れて麓《ふもと》を目指した。屈強な神々に囲まれていたため、恐怖心は感じなかった。嵐によって押し倒された木々の合間を縫うように歩き、喉が渇けば湧水を飲んで休み、そしてまた歩き出した。牛車に乗らず徒歩《かち》で移動することはめずらしいが、十五童子と苦難を分かち合うことで、より結束を強めていった。

麓に降り立った神々は、帝釈天と阿修羅王を探した。焼け野原には、傷つき倒れた阿修羅王の軍勢が点在していた。ようやく見つけた帝釈天は、地を舐める阿修羅王を見下ろすような恰好で立ち、その後ろには帝釈天の配下が整列していた。話を聞かずとも、勝負の結果は一目瞭然であった。

よくよく見ると、帝釈天と阿修羅王は深い眠りに落ちていた。双方の配下の軍勢も同様であった。天部で生きる神々は死苦こそあれど、その寿命は五百年とも千年ともいわれており、御神体の回復力は人間とは比べものにならない。眠りによってからだの傷を癒し、十分に回復したところで目覚めるはずだった。

神々は、帝釈天と阿修羅王が目覚めるのを待った。

その間、従者たちは薙ぎ倒された木々を片付け、荒れ果てた地を整えた。そうこうしているうちに、木々が生い茂り、草花が芽吹き、河川湖沼の濁りがとれ、底まで見えるほどに澄みきった水をたたえるようになった。あまりの戦いの激しさに怯え、地上に逃げた動物たちも戻ってきた。

先に目覚めたのは帝釈天だった。帝釈天は足元で倒れている阿修羅王のそばにどっかりと腰をおろした。

「一歩間違えれば、我らが敗れていたかもしれぬ」

帝釈天は話を続けた。

「一時は、阿修羅王の軍勢に押され、もはやこれまでかと観念したのじゃ。意を決して退却しようとしたところ、その途中に蟻の大群がおってのう。どうやら逃げ遅れた蟻たちのようで、慌ててどこかへ向かおうとしているようじゃった。この蟻たちを踏み潰さなければ退却することはできぬが、踏み潰して退却しては無駄な殺生になる。そうして立ち止まったところ、阿修羅王のやつめ、我らに企みがあるのではないかと疑い始め、その疑念が焦りとなり、やつの軍勢全体に広がりおった。その隙を突いた我らの攻勢によって、かろうじて阿修羅王を破ることができたのじゃ」

帝釈天は一息に話すと、大きく息をついた。そうして阿修羅王をやさしい眼差しで見つめた。蟻にも情けをかける慈悲深い帝釈天と、自らの正義に固執する阿修羅王の差が、そのまま勝敗を分けるかたちとなった。

目覚めた阿修羅王は、帝釈天と倫理について問答を重ねた末に、誤った進化を目指していた自らの非を認め、帝釈天の説得に応じて改心することを承諾した。これにより、ようやく天部は平穏を取り戻したのであった。

帝釈天は、阿修羅王に、ひとつの話を持ちかけた。それは、聖山《せいざん》にある瑠璃色の石でできた三本柱が立つ丘で、阿修羅王が仏に帰依する神事を行うことで、この先、千手観音として、地上の民を導く役割をしてはどうかという提案だった。

阿修羅王は一瞬考え、その帝釈天の提案を受け入れたのである。その後、神界では、快く阿修羅王を千手観音として迎え入れた。

その後、千手観音となった阿修羅王は、さらに神界の修行を積み、大龍王の称号を得て沙伽羅龍王《しゃがらりゅうおう》を名乗り、神仏の世界で多大な貢献をすることになる。その後、帝釈天と和解し、帝釈天のよき相談役となった。

弁財天の旅の目的は、三種の神器を聖山に納めることであった。

聖山は、帝釈天と阿修羅王が戦っていた頃、神々が身の隠し場所とした高山のことだ。風光明媚な聖山では、四季折々の花が咲き乱れ、色とりどりの蝶が舞う。その美観に魅せられた神々は、かねてより思案していた三種の神器の奉納場所を、聖山の頂《いただき》に定めた。そして、帝釈天と阿修羅王の戦いが終息するまでの間に、聖山で採石した瑠璃色の石を積み上げて三本の石柱を建て、その中央に同じ瑠璃色の石で台座を設けた。

「聖山まではあとどれくらいかのう」弁財天がいった。

「おそらく十里ほどかと」牛馬が応じた。「日が落ちるまでには麓にたどり着けるかと存じます」

「ふむ。それでは、麓に着いたところで寝床をこしらえることにしようかのう」

「御意にございます」

「そなたらには苦労をかけてすまぬが、もう少し辛抱しておくれ」

「何をおっしゃいますか。弁財天さまの旅に同道できるだけで僥倖《ぎょうこう》にございます」

こうして話している間にも、船車《せんしゃ》童子が力強く軛《くびき》を引いて牛車を前へ前へと進めてくれる。牛車の後ろには、ほかの十五童子が隊列をなしている。二匹の白狼は凛とした面持ちで隊列に連なっている。弁財天は、あらためて従者たちを頼もしく思った。

聖山の麓に着いたのは薄暮れどきであった。

十五童子は大木の下に陣取り、松明に火を灯し、弁財天の寝床をこしらえた。弁財天のように位の高い神であれば、従者に建材を運ばせ、夜ごとに組まれた建屋の中で寝ることが常道である。しかし、弁財天は十五童子の荷を増やすまいとして、十五童子と同様に筵《むしろ》を敷いて寝ることを提案した。十五童子たちは弁財天の心遣いにいたく心を動かされたが、さすがに筵一枚では心苦しいということで、藁の上に絹織物を重ねて寝床をこしらえることにした。

春とはいえ、夜は冷える。松明の火を絶やさぬようにするため、十五童子は交代で眠ることになった。火の番をする童子の傍らに、兎の干し肉を食べた二匹の白狼が目をつむって寝そべっていた。

食物授与の神である飯櫃《はんき》童子の用意した食事を終えた弁財天は、すぐに横になった。天には満天の星空が広がっている。弁財天はその美しさに着想を得て、琵琶《びわ》を奏で始めた。その音色はやさしくも哀愁を帯びており、十五童子の中には落涙する者もいた。ひとしきり琵琶を弾いた弁財天は、心地よい疲れに包まれて眠りに落ちた。

何やら顔に冷たいものが触れた。その瞬間、弁財天は目を覚ました。雨だった。

「弁財天さま、雨にございます」

声をかけてきたのは、火の番をしていた牛馬であった。

弁財天は起き上がり、大木にぴたりと寄り添うようにして雨を凌いだ。青々と茂る葉のおかげで濡れずに済んだが、次第に風も強まってきた。

「この時期に嵐とは、めずらしいこともあるものです」

牛馬は落ち着いた口振りでいい、弁財天の頭上に天蓋のような傘を掲げた。弁財天は木陰にじっとたたずみ、雨がやむのを待った。しかし、次第に雨は横殴りとなり、天蓋は意味をなさなくなった。

急に風が生暖かくなった。牛馬が眉根《まゆね》を寄せた。

「何やら不穏な気配がします。弁財天さまはこちらに来てください」

弁財天は大木を背にし、その前方に半円を描くように十五童子が陣取った。

「禍々《まがまが》しい空気だな」

牛馬がぽつりとつぶやく。

風雨はますます激しくなった。弁財天も十五童子も着物はずぶ濡れだった。二匹の白狼は歯を剥き出し、漆黒の闇に向かって唸っている。

「弁財天さま、風雨が激しくなってきましたがしばしお待ちくだされ。今、不用意に動くことで命取りになるかもしれませぬ」

牛馬は二匹の白狼のからだを撫で始めたが、唸り声は一向にやむ気配はない。

「あの闇の向こうに何者かがいるのかのう」

「もしかしたらそうかもしれませぬ」

そのとき、二匹の白狼が鋭い声で吠え始めた。牛馬が「落ち着くのだ」と声をかけてからだを撫でるが、白狼の五感は何かを捉えているようで、その視線は二匹とも同じ方角を向いている。

突如、闇夜を切り裂く強烈な光に覆われ、弁財天はまぶしさに耐えかねて目を閉じた。轟音《ごうおん》が鳴り響き、生臭いにおいが鼻腔を掠めた。

「物の怪か」

牛馬がいった。弁財天は未だに目を開けることができず、牛馬の声に耳を澄ませた。

「弁財天さま、巨大な物の怪が三体います。我ら十五童子のそばをけっして離れぬようにしてください」

十五童子は弁財天との距離を狭めた。耐え切れなくなった仁が、物の怪に向かって走り出した。

「仁よ、待て」

牛馬の叫びも届かず、仁は猛烈な勢いで物の怪へと向かっていく。その鋭い牙は、神々の喉笛を噛みちぎるほどの威力を持つ。二匹の白狼が同道しているのは、弁財天の身の安全を守るためであったが、弁財天は胸騒ぎが収まらなかった。

仁は一体の物の怪に飛びかかった。木陰からは、猛烈な速さで喉笛に食らいついたように見えたが、物の怪の巨大な手に薙ぎ払われ、地面に叩きつけられた。ひゃん、という鳴き声が闇夜に響いた。

「仁っ」

牛馬が駆け寄ろうとして、ほかの十五童子に止められた。徳はより大きな吠え声を出し、今にも物の怪に飛びかかりそうである。

ようやく視界が利くようになった弁財天は、少し離れた場所に立つ物の怪を眺めた。三体とも、身の丈十尺は超えるであろう化け物であった。

「あの物の怪は、三邪神かもしれませぬ」

そういったのは、知恵と知識を司る筆硯《ひっけん》童子であった。

「筆硯よ、三邪神とは何者じゃ」弁財天がいった。

「私の知るところでは、三邪神はかつて、三種の神器を手に入れて天部の世界を征服しようとしたことがあるそうです。しかし、神々の力によって地獄道の洞窟に封じ込められたといういい伝えがあります」

「つまり、あの物の怪は三種の神器を狙っているということか」

「その可能性はなきにしもあらずでございます」

「三邪神の名は？」

「中央の三つ首が瘧壓《ギャオス》、左の三つ目が轟々《ゴンゴン》、右の羽を生やしている三つ足が蜚流布《ベルゼブ》と申します」

「話は通じるのか」

「魑魅魍魎《ちみもうりょう》の類と同じですから、言葉を交わすのは難しいでしょうな」

「むう」

弁財天は唸った。どうやら袋小路に追い込まれてしまったようだ。

「弁財天さま」牛馬がいった。「私たち十五童子、力を合わせてできる限りのことはします。傍らに徳を待機させておきますので、くれぐれもこの場を動かぬようお願いいたします」

数こそ十五人もいるが、逆立ちしても童子は童子である。各々特殊な能力を持ってこそいるが、武に長けた者がいるでもない。それでも使命を果たすため、十五童子は策略を練り始めた。

一歩前に踏み出したのは、長寿を司る神であり宝剣を持つ生命《しょうみょう》童子と、愛情を司る神であり弓矢を持つ愛慶《あいきょう》童子であった。童子でありながら、弁財天を守るため、健気に立ち向かっていった。弁財天は傍らの徳を撫でながら、固唾を飲んでふたりの姿を見守った。

先陣を切ったのは愛慶だった。愛慶の持つ弓矢は、そもそもが恋慕の情を起こす際に使うものであったが、こんなこともあろうかと携えていた毒を鏃《やじり》にたっぷりと塗り、三邪神に向かって立て続けに矢を放った。

轟々に放った矢は、分厚い表皮に跳ね返されてしまった。

瘧壓に放った矢は、表皮に刺さったように見えたが、そのまま体内へ吸収されてしまった。

蜚流布に放った矢は、そのからだへ到達する前に蜚流布自身の口から吐き出された深緑色の唾に絡めとられ、溶けてしまった。

「矢が効かぬというのか」

愛慶はそういって絶句した。顔は蒼白で、肩を震わせている。

「生命よ。やつらに弓矢が刺さらぬのなら、おそらくそなたの剣でも斬れまい。宝剣を鞘に納めよ」

「しかし、牛馬……」

「生命よ、よく聞け。我らの使命は弁財天さまを守ることじゃ。無駄死にはならん。皆よ、弁財天さまを牛車に乗せよ。退却するぞ」

十五童子はきびきびした動きで弁財天を牛車に案内した。

「牛馬よ、仁はどうする」

すでに牛車の轅《くびき》に手をかけている船車がいった。

仁は白狼の片割れである。三邪神の攻撃によって地べたに叩きつけられたが、どうやら一命は取り留めたようである。

「私がようすを見てくる」牛馬は口を真一文字に引き締めた。

「しかし、仁は三邪神のそばに寄らねば助けられぬぞ」船車が大声を出した。

「皆よ。三種の神器を持って、三邪神を引きつけてくれぬか」

十五童子たちは、口々に「おう！」と声を発した。徳は、相棒の窮地に不安そうな表情を見せている。

「三邪神よ、三種の神器はここじゃ」

酒の神であり三種の神器のひとつである草薙剣《くさなぎのつるぎ》を持つ酒泉童子が、大声を張り上げた。後方には、悟りの神であり八咫鏡《やたのかがみ》を持つ印鑰童子《いんやく》、商売繁盛の神であり八坂瓊勾玉《やさかにのまがたま》を持つ金財童子《こんざい》が待機している。そのようすに三邪神は目を光らせ、足を向けた。

「今だ」

牛馬は仁に向かって駆け出した。足元に近づくと両腕で仁を抱え上げ、こちらに戻ってくる。牛馬は俊足で、あっという間に弁財天のもとに戻ってきた。

「牛馬よ、仁は無事か」

「運よく致命傷には至っていません。しばらく安静にすれば回復するでしょう」

「牛馬よ、仁を牛車に乗せよ。我は歩くぞ」

「弁財天さまを歩かせるわけにはいきませぬ」

「それでは、仁はどうするのじゃ」

「それは……」

「勇敢に三邪神へと立ち向かった仁を無碍《むげ》にはできまい」

「御意」

「此度は我のいうことを聞け。仁を牛車に乗せよ」

「承知いたしました」

牛馬は抱え持っていた仁を牛車に乗せた。

「酒泉よ。仁は助けた。こちらへ戻ってくるのじゃ」

牛馬が大声を出すと、三邪神を引きつけていた三人の童子がこちらに向かって駆け出した。そのとき、蜚流布が口から唾を吐き出した。その唾が運悪く酒泉童子の足に付着し、途端に動けなくなってしまった。

「酒泉よ、どうした」印鑰がいった。

「この妙な唾、餅のような粘り気があって右足が動かせん」

「なんと」印鑰は素っ頓狂な声を上げた。「心配するな、三人で引っこ抜いてやるわ」

各々が酒泉童子のからだを抱え、唾に埋もれた右足を引き抜こうとした。しかし、酒泉童子の足はびくともしない。そうこうしているうちに、蜚流布はまたしても唾を吐きかけてくる。今度は印鑰と金財のからだに唾がかかり、酒泉と合わせて三人が三人とも身動きが取れなくなった。

その隙に、瘧壓《ギャオス》が三つの首をそれぞれ三種の神器に伸ばし、口に咥えて奪った。

「万事休すか」牛馬は唇を噛んだ。

「牛馬よ、諦めるでない。まずは童子たちを救うのじゃ。何かできぬのか」弁財天は地団太を踏んだ。

その瞬間、耳をつんざく雷鳴がとどろいた。稲妻とともに何者かがこの地に降り立った。土煙の中から姿を現したのは、見慣れた帝釈天の姿であった。

「弁財天よ、もう安心じゃ」

「そなたは帝釈天ではないか」

「いかにも。天部一の高山である須弥山《しゅみせん》より聖山の頂を眺めていたところ、偶然にもおぬしらが窮地に立たされているのが見えた」帝釈天は口の片端を上げて微笑んだ。

「十五童子よ。弁財天を守るための活躍、しかと見届けたぞ。もう安心しろ」

帝釈天は蜚流布に唾をかけられた三人の童子に近づき、深緑色の唾に向けて右手に持った金剛杵《こんごうしょ》をかざした。金剛杵からは黄金色の光が発せられ、みるみるうちに唾が溶けていった。

「動ける、動けるぞ」

「帝釈天さま、ありがとうございます」

三人の童子たちが口々に声を上げる。

「帝釈天さま、じつは物の怪に三種の神器を……」

「話はあとじゃ。はよう皆のもとへ戻れ」

「御意」

三人の童子は駆け足で弁財天のもとに戻ってきた。

「さて、物の怪をこらしめてやるか」

帝釈天は深々と息を吸い込み、合掌して静かに目をつむった。その間に、三邪神は帝釈天に近づいてくる。その距離、わずか三間《さんげん》ほどに迫ったところで、帝釈天はかっと目を見開き、右手に持った金剛杵を近づいてくる三邪神に向けた。その金剛杵に、みるみるうちに黄金色の光が集まってくる。先だって蜚流布の唾を溶かした光よりも明るく、輝きが増している。その光は徐々に渦を巻き始め、その渦は大きくなっていった。

「皆の者、吹き飛ばされぬよう気をつけろ」

帝釈天の声に、離れた場所にいる弁財天たちは、それぞれ身を屈めて備えた。牛馬は仁を乗せた牛車が飛ばされぬよう、固く軛を握りしめて身構えている。

その瞬間、帝釈天の右手に持った金剛杵から強烈な黄金色の光が放たれた。その光は三つの方向に分かれ、猛烈な勢いで三邪神に衝撃を与えた。三邪神は各々が衝撃に耐えようと重心を低くしたが、光の勢いはますます強くなっていく。

「これで仕舞いじゃ」

帝釈天はそういうと、右手に持った金剛杵をさらに強く前へ押し出した。まさに神業であった。

衝撃に耐えかねた三邪神は、断末魔の叫びを上げながら上空に飛ばされ、光に押し出されるように夜空の彼方へと消えていった。

弁財天は十五童子とともに帝釈天に駆け寄った。

「帝釈天よ、無事か」弁財天がいった。

「無事も何も、傷ひとつ負っておらぬ」帝釈天が微笑を浮かべた。「我の力があれば、ほかの次元まで吹き飛んでいるはずじゃ」

その後方で、十五童子たちが青ざめた顔をしている。

「皆よ、浮かぬ顔をしてどうしたのじゃ」弁財天が尋ねた。

十五童子はそれぞれ顔を見合わせ、意を決した酒泉が口火を切った。

「先ほど話しそびれたのですが、じつは三邪神の一体である瘡壓《ギャオス》が三種の神器を口に咥えておりまして」

「誠か」帝釈天は目を丸くした。「金剛杵から放つ光がまばゆくて、やつらの顔がようよう見えなかったのだが、ずっと口に咥えておったのか」

「左様でございます。ですから、三種の神器まで飛ばされてしまった可能性がありますす」

「なんと」帝釈天は絶句した。

「皆が命を落とすかどうかの瀬戸際だったのじゃ。帝釈天に非はあるまい。それより、吹き飛ばされた物の怪が三種の神器を落としたかもしれぬ。皆で手分けして探すのじゃ」弁財天がいった。

「十五童子よ、誠にすまぬことをした。我は一足先に弁財天と神々の里へ戻ることにする。どうか三種の神器を探し当ててくれまいか」帝釈天は表情を曇らせた。

「御意にございます」酒泉童子がいった。「命を救っていただいた身として、恩返しをするのは当然の道理です」

「かたじけない」

帝釈天は、十五童子に向かい深謝した。位の高い神であるにもかかわらず、この実直さが魅力でもあった。

十五童子が神々の里に戻ってきたのは、十日後であった。それぞれの浮かぬ顔つきを見れば、三種の神器を見つけられなかったことは一目瞭然であった。

「誠に申し訳ございません。我ら十五童子、草の根を分けて三種の神器を探しましたが、手がかりすら見つけることはできませんでした」詫びを入れたのは牛馬であった。「左様か」帝釈天は一瞬、沈鬱な表情を浮かべた。しかし、すぐに笑顔を見せていった。「何、すべては我の責任じゃ。ぬしらは気に留めるな。さて、これからほかの神に伝えることにしようか」

三種の神器を探し当てられなかったことは由々しき問題となり、選ばれし神々が集う評議の場が設けられた。

場は紛糾した。過半を占める強硬派からは、三邪神もろともほかの次元の世界に飛ばされたのではないかという声が上がった。それなら一層のこと、人間の住む地上の世界を消滅させ、一から世界を創造するべしという意見が出た。穏健派は破壊と創造に費やす労力が膨大なものになることを予測し、どうにかして強硬派の意見を封殺したかった。だが、その方策は皆目見当がつかなかった。

穏健派の顔役であり、八大龍王のひとりである沙伽羅龍王は困り果て、事の原因である帝釈天と弁財天に相談を持ちかけた。強硬派の意思を伝えると、帝釈天は顔を蒼白にした。弁財天が驚くほど真っ青であった。

「強硬派の神々が、三次元世界を破壊せよと……」そういったきり、帝釈天は黙りこくった。三人の間に沈黙の帳が下りた。三種の神器を紛失する原因をつくった帝釈天は、苦虫を嚙み潰したような表情を浮かべた。

「帝釈天よ、何もおぬしひとりで片をつけろとは思っておらぬ。穏健派の皆で力を合わせて何かできぬものかのう」

沙伽羅龍王の言葉に、弁財天は我こそ力を貸さねばならぬと肝に銘じた。道中に三種の神器を奪われそうになったのは弁財天と十五童子であり、そもそもの原因をつくってしまったという後ろめたさがあった。

「地上の人々に罪はない。彼ら彼女らを消滅させるのは避けたいのう」

帝釈天はそういって腕を組み、まぶたを閉じた。何やら思案しているようであった。

「よし決めたぞ」

帝釈天はかっと目を見開いた。

「人間と合心《がっしん》して地上に降り立ち、三邪神を封じ込め、これから人々の間に膾炙《かいしゃ》するであろう邪を滅することとしよう」

合心とは、天部に住む神が地上に暮らす人間の御魂に入り込み、心をひとつにする神業である。天部の世界の掟により、人間と合心できる神は一体と定められている。

「しかし、それでは強硬派の神々の意向に背くことになるぞ。神々への裏切りは重い罪になる」

沙伽羅龍王はうろたえた。弁財天は何も申さず、ふたりの話し合いを見つめていた。

「致し方なかろう。我の慈悲の心に背くわけにはいかぬ」帝釈天は決心を固めているようであった。

「合心する人間の目処は立っておるのか」沙伽羅龍王が聞いた。

「倭の国に空海という僧がおる。こやつはなかなかに見込みがあるのだ」帝釈天は自信たっぷりに答えた。

「私もついていこう」

弁財天が切り出すと、沙伽羅龍王に加え、帝釈天も目を見開いた。

「弁財天よ、まさか責任を感じているわけではあるまいな。ここは我に任せておけばよいのだ」

「我が三邪神に襲われなければ、このような事態を招くこともなかったろう。おぬしに責任を押しつけるわけにはいかぬ」

「しかし、合心できる神は一体のみという掟がある。帝釈天が空海と名乗る僧と合心するのであれば、おぬしはどのようにして地上に降りるのじゃ」沙伽羅龍王が疑問を呈した。

「転生するしかなかろう」弁財天はきっぱりと口にした。

「転生か」沙伽羅龍王は眉間に深いしわを寄せた。

転生とは、神が自らの心身を滅し、人間として生まれ変わることである。転生して人間になると、神としての能力は半減する。自らの意思で天部に帰ることは叶わず、転生した人間の命が尽きた瞬間に神の姿に戻る。

「我は人間に転生し、そなたの合心する空海とやらを必ず見つけよう。力を合わせて三邪神を封じ込め、三種の神器を取り戻そうではないか」

「ぬしらの心意気は買おう。しかし、剣呑《けんのん》じゃ」沙伽羅龍王の顔つきはほとほと弱り果てている。

「沙伽羅龍王よ、ぬしは我と弁財天の話を聞かなかったことにせい」

帝釈天の言葉に、弁財天も首を縦に振った。沙伽羅龍王の立場を危うくするのは本意ではなかった。

「そうするしかあるまい。何も聞かなかったことにしよう」沙伽羅龍王が頭を下げた。

「おぬしらに火中の栗を拾わせるようで相すまぬ」

「何、儂が蒔いた種だ。この手で刈り取るしかあるまい」帝釈天は目を細めた。

「ところで、そなたらはどうするのじゃ」

弁財天が声を張ると、閉じられた襖《ふすま》の向こう側で小さなどよめきが起こった。

「そろそろ顔を見せてはどうじゃ」

弁財天が言葉を継ぐと、静かに襖が開いた。牛馬が三つ指をついている。その後ろには、十五童子が控えていた。

「話は聞こえていたか」弁財天は牛馬に尋ねた。

「はい」

「して、そなたらはどうするのじゃ」

「是が非でも弁財天さまについていきたく存じます」

「全員か」

「全員が同じ思いです。我らも転生し、弁財天さまに尽くします」

「それはならん」沙伽羅龍王が声を荒げた。「十五童子全員が天部から失せたら、さすがにほかの神々も気づくであろう。そこまで嘘はつき通せぬ」

牛馬以下、十五童子は黙りこくった。沙伽羅龍王の言葉に逆らうことはできなかった。全員の顔には、あからさまに悔しさがにじんでいた。

「沙伽羅龍王よ、どうにかできぬか」弁財天が懇願した。

「我からも頼もう。どうか十五童子の願いを聞いてはくれぬか」帝釈天が頭を下げた。

「しかし、十五人の童子が天部から消えてしまえば、誰かが気づく。みすみすぬしらの命を危険に晒すようなものじゃ」

沙伽羅龍王はほとほと困り果てた。

「そこをどうにか頼む」弁財天は頭を下げた。

「これ、頭を上げい」沙伽羅龍王が焦りを見せた。

「それでは、これでどうじゃ。十五童子全員でついていくのが難しいのであれば、数人のみにその資格を与えるのじゃ」

帝釈天の案に、沙伽羅龍王はため息をついた。十五童子はひざまずき顔を伏せたままである。

「どうしてもというのか」沙伽羅龍王はいった。

「是が非でも」弁財天は応じた。

「五人でどうか」帝釈天がいった。

「それは多すぎる。ひとりかふたりじゃ」沙伽羅龍王はうろたえた。

「では、三人でどうじゃ」帝釈天が尋ねた。

「三人か」沙伽羅龍王は思案した。「よし、三人じゃ。それ以上はひとりも増やせん」

十五童子の間に安堵の空気が広がった。むろん、全員が行けぬことに不満もあるだろうが、たとえ三人であろうとも、人間に転生して地上に降り立つ弁財天に尽くせることに喜びを感じているようであった。その思いが、弁財天の心に染みた。

「よし、散会じゃ。我は一切話を聞かなかったことにする。健闘を祈ることしかできず誠にかたじけないが、どうか三種の神器を取り戻してくれ」

沙伽羅龍王が立ち上がった。

「我らこそ、無理をいってすまぬ」弁財天は頭を下げた。

「弁財天よ、我は先に地上へと旅立つ。ぬしと合流する日を心待ちにしているぞ」帝釈天はそういって席を立った。

「全員を連れていけずかたじけない」弁財天は十五童子に声をかけた。

「どうかお気遣いなきよう」牛馬が首を横に振った。「誰がお供をいたしましょう」

牛馬の問いかけに、弁財天は一呼吸を置いていった。

「牛馬、筆硯、飯櫃。そなたら三名に転生を命ずる。ともに地上へ降り立ってくれるか」

「光栄に存じます」牛馬がいった。

「同じく」飯櫃が目を輝かせた。

「力を尽くします」筆硯が深々と頭を下げた。

「天部に残る童子たちに告ぐ。我らが地上へ降り立つことは他言無用じゃ。我と牛馬、筆硯、飯櫃、そして帝釈天を加えた五名は、三種の神器を探す旅へ出たことにする。誰ぞに我らの所在を聞かれたのなら、知らぬ存ぜぬを通せ。三種の神器を取り返すためには、ぬしらの働きが何よりも大切になる。よろしく頼む」

弁財天は、地上へ連れていけない童子たちを気遣った。

「それでは、次に会うときを楽しみにしているぞ」

弁財天は三人の童子を連れて室を出た。名残惜しくなるので、後方は振り返らなかった。

第二章　天部の将軍、帝釈天と合心した空海の歩み

青々と茂る新緑が目にまぶしい。風が木を揺すり、葉擦れの音が山中に響き、響いたと思えばいつの間にか消えている。

真魚《まお》は朝露に濡れる草を鎌で薙ぎ、道なき道を前へ前へと進んでいた。額にはじっとりと汗がにじんでいる。無心で手を動かしているうちに、自らの存在が自然に溶けていくような感覚をおぼえる。

やがて視界が開け、麓を見下ろせる勝景地にたどり着いた。絶壁の一角であった。真魚は岩場に座して瞑想を始めた。

どれほど時間が過ぎただろうか。ふとした拍子で我に返ると、鳥が歌うように鳴いている声が聞こえる。私度僧《しどそう》として深山《しんざん》に籠っていると、現世《うつしよ》にひとりで投げ出されたような心持ちになるが、それこそ人間の傲慢であり、錯覚にすぎない。鳥も獣も虫も魚も、木も草も石も土も命であり、存在する一切は仏にほかならない。

真魚はもう一度目をつむり、過去を回想した。

幼き頃より才気煥発《さいきかんぱつ》であった真魚は、齢十五にして生まれ育った讃岐国《さぬきのくに》より上京し、母方の伯父である阿刀大足《あとのおおたり》のもとで論語や史伝などの勉学に励んだ。学べば学ぶほど向学心は高まり、十八歳になると都で唯一の大学に入った。その志は雲よりも高かった。

大学で学び始めてすぐの頃は、何もかもが新鮮であった。明経科《めいけいか》に籍を置き、誰よりも熱心に勉学へ打ち込んだ。しかし、その熱はすぐに冷めていった。儒学の経典である経書《けいしょ》はときに興味深いと思えたが、真理を求める真魚の知的好奇心を満たすものではなかった。周囲を見渡せば、官吏の道で出世するために仕方なく学問を修めている者ばかりで、まるでなじめなかった。

ある日、休暇届を提出した真魚は、大学寮から足を延ばして吉野の金峯山《きんぷせん》へと向かうことにした。雅やかな京の暮らしが肌に合わず、故郷にいた頃のように山々を歩き、草花を愛でたい気持ちが抑えられなかった。

金峯山まではおよそ十里ある。平坦な道であれば、一日に十里は歩ける自信がある。

しかし、山道を歩くのだから二日はかかるはずだ。日暮れ前に宿を見つけられれば御の字だが、たまには草枕で寝るのも悪くない――。真魚はそのようなことを考えながら、一歩ずつ歩を進めていった。

日暮れ前に吉野川を渡った真魚は、迷わず山に足を踏み入れ、頂《いただき》を目指して山道を登っていった。自然の中に身を置くことで気持ちが昂っている。登れるところまで登り、疲れたら露天で寝てしまえばよいという魂胆であった。

季節は晩秋だった。夜になると寒気が足元から這い上がってきた。それでも、真魚は浮き立つ気持ちを抑え切れずに山道を進んでいった。自然の中に身を置くことで、忘れかけていた感覚が次第によみがえってくるようだった。

やがて日は落ち、辺りは闇に覆われた。真魚は木々の間から差し込む月明りを頼りにゆっくりと歩いていた。すると、少し離れた場所から薪の爆ぜる音が聞こえてきた。誰かが焚火をしているようだ。音の鳴っている方に近づいていくと、赤々と燃える炎が見えた。真魚は木陰に隠れ、ようすを窺った。焚火の傍らには剃髪の男が腰をおろし、煮炊きをしている。瞼を閉じ、うたた寝をしているように見える。修行僧だろうか。真魚はその場を離れようと後ろを向いた。

「こちらに来なさい」

不意を突く声に、真魚の足は止まった。

「学生さんかな。さあ、こちらに来なさい」

綿のようにやわらかな声音だった。真魚はその声に吸い寄せられるようにして木陰から顔を出し、男のもとに近づいていった。

焚火のそばに立つと、男の顔が見えた。簡素な法衣を身にまとった男は、鍋から木の椀に粥を掬い、真魚の眼前に差し出した。

「食べなさい」

真魚は素直に椀を受け取り、地べたに座して粥をかき込んだ。空腹に染み渡るうまさだった。

「よほど腹が減っていたようだ」男は目を細めた。「もう一杯いかがかな」

真魚はうなずき、椀を手渡した。男はふたたび椀に粥を満たし、真魚の手に収めた。

二杯目の粥を食べ終え、真魚はようやく人心地がついた。

「さて、学生さん。暇潰しに旅の話をお聞かせ願えますか」

「旅というほど大層なものではございません」

「それでは、なぜ夜にもなって山道を歩いていたのでしょうか」

男の問いかけに、真魚はこれまでのいきさつをかいつまんで話した。

「これで話は終わりです」

真魚が話をしている間、目を閉じたまま黙って聞いていた男は首を傾げた。

「本当にすべてを話しましたか」男は真魚に問うた。「私にはそう思えなかった。すべてを腹蔵《ふくぞう》なく話しなさい。夜が明けるまで話しても構いません」

まるですべてを見透かされているようだった。真魚はふたたび話し始めた。

讃岐国より希望を抱いて上京したこと。官僚を育成するためのみに機能している大学に疑問を持っていること。この世の春を謳歌する都の貴族もいずれこの世を去っていくことに虚しさを感じること。からだの不自由な者や飢饉に喘ぐ者を救えぬことに苦しさを感じること――。堰を切ったように思いが溢れ出し、言葉として吐き出すことで毒が抜けて晴れやかな心持ちになっていった。

「これで本当に私の話はおしまいです」

いったいどれほどの時間が過ぎたのだろうか。月は西へ傾いていた。

「どうです。さっぱりしましたか」男が微笑を浮かべた。

「はい。ありがとうございました」

「あなたは誰かに話を聞いてほしかったのですね。今、すべてを吐き出したあなたは、新しく生まれ変わりました。からだという器こそ変わりませんが、今この瞬間、あなたの中身は空だ。あなたはまだ若い。これから何者にでもなれるでしょう」

真魚は男の言葉に胸を打たれた。男の名を知りたいという思いが湧き上がった。

「失礼ですが、お名前を教えていただけないでしょうか。さぞ名のある方とお見受けします」

「何、名乗るほどの者ではありません。一介の沙門であります」

「そこをどうかお頼み申し上げます」

「なぜですか」

「わかりません」

「ほう。わからないのに知りたいというわけですな」

「直観としかいいようがありません。今、貴殿のお名前を教えていただくことで、私の人生が大きく変化する予感がいたします」

「ほう」

男はそういって薄い微笑を浮かべた。

「おう、火が消えそうだ」

男はそういって焚火に薪をくべた。炎が赤々と燃え上がり、静寂を打ち破るかのように爆ぜた。

「あなたは心に灯していた火が消えそうになり、ふたたび燃え上がらせるための契機を探していた。そして今、この沙門が燻っていた心に火をつける薪になるかもしれないと、そう思ったわけですか」

「あなたを利しているようですが、つまりはそういうことかもしれません」真魚は恥じらいながら答えた。「どうかお名前を教えていただきたく存じます」

「面白い」男の視線が真魚をまっすぐに捉えた。「利他は仏道に欠かせぬ務め。お答えしましょう。私は勤操《ごんそう》と申します」

真魚は大学の講義で勤操という名を耳にしたことがあった。記憶がたしかならば、南都七大寺のひとつである寺に入り、その聡明さから将来を嘱望されている僧であった。

「噂は耳にしております。今宵は山林修行をされていたのですか」

「寺に籠っていると気が詰まることがありましてな。時折、こうして山に入るのです」

「草庵を結ばず野天で眠るとは、いかなる理由でしょうか」

「空が屋根となり、雲が幔幕《まんまく》となり、眠るときはこの肘が枕になります。夏が来れば山に吹く冷風で涼をとり、冬が近づけばこうして焚火で暖をとります。求道《ぐどう》のみを考えて修行をするのであれば、それで十分です」

「仏法の修行とは、いかなるものでしょうか」

「あなたは虚空蔵求聞持法《こくうぞうぐもんじほう》をご存じですか」

「いえ、初耳です」

「虚空蔵求聞持法とは、無限の知恵と慈悲を持つ虚空蔵菩薩《こくうぞうぼさつ》の真言を一日一万回、百日間で百万回唱える修行です。この修行により、あらゆる経典を理解し、記憶することができるのです」

　真魚は勤操の言葉に一筋の光明を見た。雷に打たれたような衝撃であった。もしすべての経典を理解できるのであれば、儒学や漢学を学んでも達することのできなかった真理にたどり着けるかもしれぬという期待に胸が膨らんだ。

「その真言とは、どのようなものですか」真魚は声を弾ませた。

「ノウボウ、アカシャ、キャラバヤ、オン、アリキャ、マリボリソワカ」

「ノウボウ、アカシャ、キャラバヤ、オン、アリキャ、マリボリソワカ……」

真魚は勤操を真似て真言をつぶやき、百万回唱えねばならない修行の厳しさに思いを馳せた。

「ひたすらに真言を繰り返し、すべての想念を心から追い払うのです。森羅万象と溶け合い、阿頼耶識《あらやしき》へとたどり着いたとき、修行の成果が見えましょう」

「勤操さま、私はやるべきことがわかりました」

「ほう。どうされますかな」

「大学を辞して、仏道へ進みます。山林修行に打ち込み、虚空蔵求聞持法の真言をひたすらに唱えましょう。風をつなぎ止められぬように、誰が私をつなぎ止められましょうか」

「あなたを縛るものは何もありません。あなたが決めた道であるならば、あなたは何かを見つけるのでしょう」

「勤操さま。偶然の出会いではありましたが、感謝の念に堪えません」

「道を見定めたのはあなたです。私は薪でしかありません」

「いずれまた、お会いできるでしょうか」

「願わば思いは叶いましょう。その日を楽しみにしております」

真魚は勤操に深々と頭を下げた。すると、深更《しんこう》であるにもかかわらず、鳥たちが真魚の新たな出立を祝うように鳴いた。

大学を辞した真魚は、斗藪《とそう》と呼ばれる山林修行に打ち込んだ。金峯山《きんぷせん》に籠った後、故郷の讃岐に戻った。楠《くすのき》の葉の照り返る山々の空気を吸い込むだけで、真魚の心は安らいだ。

反面、修行は荒行と呼べるほどに厳しいものであった。

山々を駆け回り、静穏なる場所を見つけては腰を落ち着ける。瞑想によって心を清浄にしたのち、息の続く限り真言を唱える。一日の修行を終えると、木の実を食べてそのまま露泊することもあれば、近くの寺でほどこしを受けることもあった。

そうしているうちに季節は幾度か巡った。襤褸《ぼろき》切れをまとうからだは痩身を通り越してやつれ、髪は蓬《よもぎ》のように伸び放題となり、その目つきだけが鋭さを増していった。

回想を終えた真魚は「いかんな」とつぶやき、雑念を追い払うように真言を唱え始めた。

「ノウボウ、アカシャ、キャラバヤ、オン、アリキャ、マリボリソワカ」

声を張って真言を唱えていると、声がこだまとなって反響し、心に感応した。都での暮らしは遠い過去のものとなり、世俗から離れた生活にすっかりとなじんでいた。

翌日、阿波国《あわのくに》の大滝嶽《たいりょうのたけ》をあとにした真魚は、土佐国《とさのくに》を目指して歩き始めた。当初は尾根伝いに斗藪《とそう》をするつもりであったが、山岳地で長く過ごしていたせいか、潮の匂いが懐かしかった。山を下りて南に進み、海沿いをゆっくりと歩いた。寄せては返す波の響きと、木々の葉の擦れ合う音が重なり、耳に心地よかった。波を立て、葉を揺するのは、風の仕業であった。真魚は目に見えぬ風の音を捉え、心で感じていた。

数日後、海辺を歩いていると、突端が海に迫り出した岬が見えてきた。

「あれが室戸崎《むろとのさき》か」

真魚は歩を速めた。観想に適する場所であるという予感は、海へ近づくにつれて確信へと変わった。岬の東端に着くと、真魚は岩場に降り立った。荒波が岩礁に砕けてはしぶきとなり、大きく跳ね、そして海へと戻っていった。

逆巻く波濤《はとう》を見つめていた真魚が振り返ると、岬の絶壁に洞窟があった。足を踏み入れてみると、清澄なる気が満ちている。

「ここにするか」

真魚は平らかな石に安座した。その位置からは、窟《いわや》の入り口の向こうに広がる空と海だけが見えた。さっそくのうちに瞑想に入り、あるがままの自分を感じた。そして、いつもの修行と同じように真言を唱え始めた。

「ノウボウ、アカシャ、キャラバヤ、オン、アリキャ、マリボリソワカ」

真言は窟への反響ですぐに自身へと返ってくる。真魚は主体と客体が消滅して溶けるような感覚を味わっていた。真魚の声は自然と大きくなり、熱を帯びていった。しかし疲れは微塵も感じず、飲まず食わずで修行に打ち込んだ。

修行は夜を徹して行われた。目をつむっていても、瞼の裏には光明が瞬いている。真魚は自分が真言を唱えているにもかかわらず、その声がどこか遠くで響いているように感じていた。あらゆる想念から解放され、自身が消えてなくなりそうだった。

「ノウボウ、アカシャ、キャラバヤ、オン、アリキャ、マリボリソワカ」

ついに真魚は百万回目の真言を唱え終えた。

そのときだった。谷間より轟音がとどろき、空から降ってきた光玉《こうぎょく》が胸元に飛び込んできた。よくよく見ると、その光玉の中には、甲冑《かっちゅう》をまとい、右手に金剛杵《こんごうしょ》を持つ

この世の者とは思えぬ姿があった。

「我は帝釈天なり。この世の行く末を考える場を持つ。ときが来たならば集え」

そういって、光玉は真魚の口に飛び込んできた。真魚の全身は目を開けられないほどに光り輝き、何事もなかったかのようにもとに戻った。

「谷響《たにひびき》を惜しまず、明星来影《みょうじょうらいえい》す」

摩訶不思議な出来事を振り返り、真魚はひとりごちた。虚空蔵求聞持法の成果が帝釈天との出会いであろうとは、ゆめゆめ思いもしなかった。

真魚は窟を出た。いつの間にか空が白んでいた。曙光《しょこう》が海上を走り、黄金の敷かれた道のように見える。眼前に広がる空と海は、無限へとつながっているかのように果てしなかった。

「空と海……空海《くうかい》か。うむ、悪くない」

真魚は、これまでの名を捨て去り、空海として生きることを固く決意した。


夏の終わりであった。

空海は高円山《たかまどやま》の麓にある石淵寺《いわぶちでら》の本堂にいた。師である勤操が開山した寺であった。

数年前、帝釈天の啓示を受けた空海が勤操に文《ふみ》をしたためたところ、それほど大切な会合が持たれるのであればいつでも寺を貸そうと快く応じてくれた。

眼前には帝釈天、そして桓武天皇が座している。桓武天皇と謁見することになった空海は、蓬髪を剃毛し、こざっぱりと身なりを整えていた。

室戸崎で光玉の中にいた帝釈天のからだは、まばゆいほどの光を放ちつつ、存在自体が透けて見える。面長で切れ長の目は鋭く、痩身ながら筋肉質の体躯と太い首を持ち、その雰囲気は屈強な戦士か将軍のようであった。その存在が人でないことはひと目でわかるものの、相対する桓武天皇はさすがの貫禄で、まるで動じていない。

本堂の一隅では、菅原清公《すがわらのきよきみ》が墨を磨《す》っていた。達筆を買われ、会合の書記を任されていた。清公の所作はぎこちなく、尋常ではない緊張がありありと伝わってきた。

「よく集まってくれた」

帝釈天が切り出した。

「この世を正しき道へ導く資格者として、そなたたちを選んだ。これからそなたたちがなすべきことを伝える。しかと心得、己の使命を全うせよ」

帝釈天の言葉を受け、空海は居住まいを正した。

「以前からこの世には、神々の計画によって、試験的に創造された人間が送り込まれてきた。その人々の御魂《みたま》は不完全であった。その後、幾度かの試行錯誤を経て送り込まれたのが、神の遺伝子を組み込むことで完全体に近づいた倭人じゃ。倭人は神々の導きに沿って自然と調和し、この世にて時間をかけて進化する必要があった。しかし、我の些細な手違いにより、この世に邪《じゃ》が蔓延してしまった。邪に支配された者たちが神々を妨げたため、人々の進化の方向が徐々にずれてきておる。さらに、この世の子孫が繁栄するにつれて、神から受け継いだ遺伝子は薄まっていき、人々の心に入り込んだ邪が次第に大きく膨らんでいった。神々だけでは邪を抑えることが難しくなってしまったゆえ、信頼の置けるそなたらを集めたというわけじゃ」

「帝釈天さま、ひとつお伺いいたします。邪とはどのようなものでしょうか」桓武天皇が問うた。

「邪は目に見えぬ。人々の心に巣食い、この世に混乱をもたらすもの。天災も戦乱も飢饉も疫病も、沙門が五戒を破るのも、すべては邪の作用なのじゃ」

「なんと」桓武天皇は目を見張った。

「そなたら人間には信じられぬかもしれぬ」帝釈天は嘆息した。「我らは、千二百年周期で自らが創造した世界を巡回しておる。そのときの状況、つまりは邪がどれほど蔓延しているかにより、その世界を完全に破壊するか、あるいは、一度破壊して新たに創造、再生するかを決める。創造、破壊、再生には、途方もない労力が必要であるゆえ、できることなら我らは手を加えたくないと思っておる。そこで神仏の代わりにこの世を治める役割を果たすのが、平家の一族である。平家の血筋は神々の遺伝子がもっとも色濃いため、この時代に国を治める中心となったのは必然じゃ」

桓武天皇は誇らしげにうなずいている。帝釈天は話を続けた。

「世に蔓延した邪なるものを払いのけるためには、我らの遺伝子を受け継ぐ志の高いそなたたちの力が必要なのじゃ。どうか力を貸してくれぬか」

「御意にございます」桓武天皇は深々と頭を下げた。

「右に同じく」空海も深謝した。一風荒唐無稽に聞こえるが、帝釈天の言葉が真実であることは、直観で理解できた。

「空海よ。そなたの中には、すでに我の御魂が入っている」帝釈天がいった。

「どういうことでしょうか」空海が尋ねた。桓武天皇の手前、会話を控えていたが、思わず声を上げてしまった。

「それは天部の戦いと関係する」帝釈天の表情が一瞬、翳りを見せた。

「天部の戦いとは？」空海が重ねた。

「つまりはこうじゃ。天部の将軍の地位にあった我は、仲間である弁財天が三体の邪神に襲われたとき、弁財天を守るために邪神を追い払った。そこで手加減を間違え、三種の神器を持つ三体の邪神を、三次元であるこの世に吹き飛ばしてしまったのじゃ。結局、三体が持つ邪がこの世の人々に蔓延してしまった。我の失敗こそ、この世に邪なるものを広めてしまった要因のひとつであるわけじゃ。我は天部のしきたりに反し、この世に降り立ち、己の御魂をそなたの肉体と合心《がっしん》してともに歩むことにした。我が天部のしきたりに反したことで、我の御魂と合心したそなたは天部の神々から攻撃を受けることになるやもしれぬ。しかし、案ずることはない。これから弁財天が人間へ転生し、そなたに力を貸してくれるじゃろう。娑羯羅《しゃかつら》龍王や善如《ぜんにょ》龍王をはじめ、多くの仏たちも我の味方じゃ。そなたたちは、この世を正しき方向に導くため、力を尽くしなさい」

「人々の心の裡《うち》に宿る邪なるものを打ち払うために、何をなせばいいのでしょうか」

ふたたび桓武天皇がやわらかな口調で尋ねた。神聖不可侵な立場にあり、絶対的な指導者であるにもかかわらず、その表情はやさしく穏やかで、その瞳は慈愛と好奇心の輝きを宿していた。

「三邪神を退治し、三種の神器を取り戻すのじゃ。三邪神は聖域と俗世の境界である鳥居に現れる性質を持っておるゆえ、各地に鳥居を建てるとよいじゃろう。同時に、人々が神仏に寄り添うように導くことで、邪なるものを浄化することができる」

「そのためには、どのような手段がありますか」桓武天皇が身を乗り出す。

「残念ながら、人の手だけで行うことは不可能じゃ。そなたたち人間が、我らと力を合わせ、我らの導きに沿って邪なるものを浄化していかなくてはならない。万人の心に根深く巣食った邪を浄化するのは、たやすくはない。この時代だけで実現できるものでもないのじゃ。我々神々の遺伝子を濃く受け継ぐ平家の者たちが代々その任に当たり、千二百年という長い歳月をかけて邪なるものを浄化していく必要がある」

「千二百年……」桓武天皇が唖然としてつぶやいた。

「肉体が滅びても魂は滅びぬ。そなたら三人の魂がふたたび集うのは、千二百年後になるであろう。そのときこそ、この国が大きく変革する時期になる。この国を光の道へと導く方策を立て、今から実行してゆく必要があるのじゃ。我らが今、この国が正しき方向へ向かう道標を打ち立てておけば、この先、必ずや光の民の使命を受けた者たちが現れ、彼らの働きによって邪なるものは封じられ、この世から消え去るであろう」

話を終えた帝釈天は立ち上がった。

「それでは、ここでさらばじゃ。向後《こうご》は合心した御魂として、空海の裡から直截に語りかけよう」

帝釈天が話し終えた途端、本堂に一陣の風が吹いた。その風が合図となったかのように、帝釈天はふわり舞って姿を消した。まるで幻を見たかのようだった。

「驚いたのう」桓武天皇が嘆息した。「おぬしの心に帝釈天さまがいるのだから、噂話もできんな」

「からだがやけにあたたかいのは、帝釈天さまと合心したからでしょう」空海が答えた。

「しかし、千二百年後のために今から行動せねばならぬとは、気の遠くなるような話よ。ところで、邪なるものを浄化するための計略として、そなたはどのように考えるのじゃ」

「神仏をまつる千手大社を背負い、全国津々浦々を回ります。神社仏閣にて仏の力をいただきましょう。聖地にて人々を集めて真言を唱え、また帝釈天さまの説法を伝えましょう。各地に鳥居を建立し、邪をおびき寄せ、その力を霧散させましょう。いずれ三邪神が現れましたら、地中深く封じ込めて結界を張りましょう」

空海は淀みなく話した。考えて話したわけではない。川の水が流れるように言葉が次々と口をついて出てくるのだった。

「おう、さすがは空海よ。それでは、今回の件はそなたに一任する」

「謹んでお受けいたします」

重責を背負ったにもかかわらず、新たな旅を前にした空海の胸は高鳴るばかりだった。

空海は山を尾根伝いに歩いていた。傍らにはひとりの女がいる。名を雀《すず》といった。雀と出会ったのは、千手大社を背負った旅に出て五日目のことだった。南紀のある里で神仏の教えを伝えるべく真言念誦《しんごんねんじゅ》を繰り返していた空海は、救いを求める人が絶えぬことに驚きを隠せなかった。民衆は貧しく学もなく、絶望の際にあった。希望の光を求めて喘いでいる姿に、空海は心を痛めた。

空海は真言を唱え、光の民の説法を伝えた。一人ひとりの心に神仏が宿るよう、全精力を傾けた。そうして民衆が散り散りになった頃、ひとりの女が不意に現れた。襤褸《ぼろ》をまとってこそいるが、意思の強さを感じさせる澄んだ瞳が美しかった。

「どうされましたか」

空海が声をかけた。空腹に耐えられず物乞いをする者はけっして少なくない。女もそのひとりなのだろうと考えた。

「私は雀と申します。空海さまの説法にいたく感銘を受けました。よろしければ、旅のお供をさせていただけないでしょうか」

「むう、お供ですか」

空海が戸惑っていると、心の裡から声が聞こえてきた。

『空海よ。その女こそ、我が話した弁財天の転生した姿じゃ。転生すると神としての力は半減するが、そなたにとって大いなる支えとなるに違いない。ともに旅をするのじゃ』

声の主は間違いなく帝釈天であった。空海はすべてを悟った。

「あなたは弁財天さまですね」

「合心した帝釈天さまが教えたのでしょうか」

「左様でございます」

「いかにも、私は弁財天の転生した姿です。天界にいたときほどの力は使えませんが、邪を滅するお力になりとう存じます」

「楽な道のりではございませんが、ぜひとも弁財天さまのお力をお貸しください。ともに参りましょう」

「この世において、私の名は雀です。どうか雀とお呼びください」

「それは失礼いたしました。これからは雀さまとお呼びします」

「雀さまではどうも収まりが悪い。私は空海さまのお供なので、雀、でお願いいたします」

「承知いたしました」空海は決まりが悪く、頭をかいた。

「空海さま、ひとつ伺ってもよろしいでしょうか」

「何なりと」

「空海さまはこの旅を、どのような思いで歩まれているのでしょうか」

「答えになるかどうか……」と前置きしたうえで、空海は話し始めた。「私はこれまで、いずれこの世を去るのであれば、今生《こんじょう》のうちに正しき世が訪れる瞬間を目に焼きつけたいと思っていました。しかし、帝釈天さまのお言葉を聞き、深く考えさせられました。千二百年後のために自身のすべてを投げ打つことが、何につながろうかと。そこで私の脳裏をよぎったのは、利他という言葉でした」

「利他、ですか」

「正しき世が訪れる瞬間をこの目で見たいという思いは断ちがたいものがあります。この欲望を抑制することなく、千二百年後となる彼方の時代に人々が救済される姿を想像し、利他の心を育てようと思うのです。小欲と大欲の狭間を行き来し、揺れ続けることで、自身の心にある仏性を掘り起こしてみたいのです」

こうして話しているとき、帝釈天の言葉は聞こえず、また存在も感じられなかった。

空海自身の思いがそのまま言葉として響きを持った。

「帝釈天さまが空海さまを見込まれた理由がわかりました」

雀はそういって破顔した。

錫杖《しゃくじょう》の音が山間に響く。その律動は、さながら鼓動のようである。山道は森閑としており、時折、鳥が鳴き声を聞かせる。

空海と雀は、和泉国《いずみのくに》の槙尾山《まきおさん》を歩いていた。ふたりは旅を続けるうち、この世の変化を見て取った。

とくに目に余るのは、僧尼《そうに》の堕落であった。貴族と結びついた寺社は一大勢力となり、その腐敗振りはたちまち巷間《こうかん》の噂となった。寺院の力を利するため、戒律を守らぬ在家の僧や尼が跳梁跋扈《ちょうりょうばっこ》した。私度の僧尼は朝廷の許可を得ずに剃髪し、僧衣を着込み、寺院に所属する僧侶と区別のつかぬ農民を欺き、食糧や財産を巻き上げていた。

「雀よ、近頃の私度の僧尼をどう思いますか。戒律を守らず、智慧を身につけず、仏道を外れた振る舞いをしている者が目につくように思いませんか」

「たしかに、在家の僧や尼の非行は行きすぎているように存じます」

「もしや、帝釈天さまの話していた邪の力が、僧尼の心に入り込んでいるのではないでしょうか」

「その見立てはおそらく正しいでしょう」

「一切衆生《いっさいしゅじょう》を救済する立場の僧尼が本来の役割を果たさないので、農民たちは水火《すいか》の苦しみを味わっている。いても立ってもいられない気持ちになります」

「何、急がば回れです。地道に寺社を回り、各地の仏の力をいただくのです。そして仏法を広めることに力を尽くしましょう」

「そうですな」

ふたりはそれきり黙って歩を進めた。山を登り切ると、立ち並ぶ堂塔《どうとう》と黒木の柵に囲まれている枝振りのみごとな松が見えた。勤操とゆかりのある槇尾山寺《まきのおさんじ》であった。

勤操の文が届いていたおかげで、ふたりは歓待を受けた。空海は、安置されている弥勒菩薩《みろくぼさつ》を参拝し、住職が用意してくれたこれまで目にしたことのない経典を耽読《たんどく》した。仏の力を頂戴することで大波のような焦りは凪《なぎ》となり、体中に力が漲ってくるようであった。

宿坊で夜を明かした空海が目覚めると、何やら人の気配を感じる。不思議に思った空海が外に出ると、境内には溢れんばかりの民衆が詰めかけていた。桓武天皇と謁見した沙門《しゃもん》の噂を聞きつけた者たちであった。空海の姿を認めた民衆たちはどよめき、そして手を合わせた。ひとりが己の困窮振りを声高に訴えると、それを契機に我も我もと声が上がり、収拾がつかぬほどの喧騒になった。

「ご静粛に願います。これから法話の機会を設けます」

空海の言葉で、民衆は水を打ったように静まり返った。

「参道の脇に滝の見える開けた場所があります。そちらに参集してください」

空海は雀とともに民衆を滝の前へと誘導した。空海は滝を背負い、民衆一人ひとりを見た。誰もがやせ細り、今にも倒れそうだった。何かに縋るような目をしている。今こそ仏の力が必要であると確信した。

「そなたらの悲しみ、苦しみは、話を聞かずとも伝わってきます。貴族が華やかな暮らしを送り、沙門が戒律を破って女犯《にょぼん》に耽る一方、汗水垂らして田畑を耕すそなたらの暮らしは一向に楽にならず、貧窮に喘ぐ者たちは抑えが効かなくなり、野盗や殺人が横行しています。その要因となるのは、邪なる存在の蔓延です。今、天界より飛ばされてきた三体の邪神がこの世に降り立ち、邪気邪念を撒き散らしております。邪は人心に巣食い、この世に混乱をもたらします。邪を完全に浄化するためには千二百年かかります。人間の一生では到底なし得ませんが、心に仏を宿し、神仏の声に耳を傾けることで、今生における平穏無事が約束されます。そして子に孫に仏道を受け継いでいくのです。仏の道は一切衆生《いっさいしゅじょう》を包む慈悲に満ちています。私度僧になる必要はありません。心に仏を宿し、真言を唱えることで、必ず道は開けるでしょう」

空海の法話が終わると、民衆は大声を上げた。怒号のようにも聞こえるが、よくよく耳を澄ませば喜びの声だった。辺り一帯の空気は希望に満ち満ちている。空海は民衆一人ひとりと対話し、真言を授け、仏の道を説いた。そうすることで、民衆は皆、晴れ晴れとした顔で家路につくのであった。

空海と雀は畿内《きない》を行脚《あんぎゃ》する旅を続け、寺院で力を頂戴し、各地の聖地における法話で民衆を力づけていった。

空海の噂は急速に広まり、弟子入りを志願する者があとを絶たなかった。

その中に、ひときわ聡明な三兄弟がいた。名を真牛《しんぎゅう》、真筆《しんぴつ》、真飯《しんぱん》といった。初めて会ったにもかかわらず、どこか懐かしい感じがする。不思議に思い胸に手を当ててみたところ、御魂である帝釈天の声が聞こえてきた。

『空海よ。この三人は我の従者である十五童子のうちの三人、牛馬《ぎゅうば》、筆硯《ひっけん》、飯櫃《はんき》が転生した姿じゃ。弁財天と同様、そなたを支える大きな力となるじゃろう』

帝釈天の話が腑に落ちた空海は、三人を快く弟子にした。いつの間にか弟子の数は八十八人にまで増えていた。

空海は多忙の合間を縫って聾瞽指帰《ろうこしいき》を著し、弟子らに複写させた。聾瞽指帰とは、儒教も道教も仏教の一部であり、仏法は宇宙の隅々までを照らし、一切衆生を包む無限の慈悲を持つことを説いた書である。空海はここにも神仏の教えを忍ばせた。

その後、弟子に千手大社を背負わせて全国へ送り遣わし、聾瞽指帰の写本や法話によって民衆に仏法を広め、神仏の教えを伝える役割を与えた。

また、先の時代に現れる四神《ししん》が人々を導けるよう、各地で仏事を行い、東方に玄武《げんぶ》、南方に白虎《びゃっこ》、西方に朱雀《すざく》、北方に青龍《せいりゅう》の結界を張り巡らせ、暗号を隠すよう命じた。暗号は万物に宿る複雑なもので、寺院における伽藍《がらん》の配置や経典、民話などに潜ませ、神仏、すなわち光の存在の言葉を後年に伝えるものであった。

その間に空海らが向かったのは蝦夷《えみし》であった。坂上田村麻呂《さかのうえのたむらまろ》率いる朝廷軍が、阿弖流為《あてるい》率いる蝦夷の一族に苦戦しているという噂は、以前より耳にしていた。

数日を経て奥州《おうしゅう》に入った空海は首を傾げた。戦《いくさ》の行われているようすがないからであった。田村麻呂の陣地に到着すると、田村麻呂と見知らぬひとりの人物が出迎えてくれた。背の高く筋骨隆々の田村麻呂に見劣りせぬ体躯の人物で、目は大きく鼻梁は高く、立派な口髭を蓄えていた。

「そなたが桓武天皇と謁見した空海か」田村麻呂が野太い声でいった。誰にも臆せず気やすく話しかける豪放磊落《ごうほうらいらく》な男であることは伝え聞いているが、想像どおりだ。

「いかにも、私が空海です」

「こやつは阿弖流為《あてるい》。蝦夷の族長だ」田村麻呂は横に立つ人物を空海に紹介した。

「敵対する者同士が席をともにするとは、どのようなご事情でしょうか」

「ぬしも知っているだろうが、蝦夷の討伐は長引いている。戦い続けるうちに、阿弖流為の勇敢さに感服し、心が共鳴するようになったというわけだ。今は、いかに平和に戦いを終えればいいのか、会談を持っていたところだ」

「なんと」空海は驚いた。

「無駄に命を奪い合うのはもうたくさんだ。形式的に阿弖流為を降伏させることで、戦を終結させようと思っている」

「それは素晴らしいことです。降伏した蝦夷の一族を守るには、朝廷への根回しが必要です。阿弖流為らの助命嘆願《じょめいたんがん》のため、すぐに文をしたため、桓武天皇に送り届けましょう」書の達人である空海は詩歌の才もあり、その文はいともたやすく人心を動かすことができた。

「それは助かる」田村麻呂がひときわ声を大きくした。

「ひとつ、そなたらにお願いがあります」

「何だ」

「今この世には邪の力が横溢《おういつ》し、人心に入り込んでいます。数多の混乱は、邪の蔓延こそが原因です。私は桓武天皇と力を合わせ、邪を浄化する命に就いています。仏教を広め、神仏の教えを伝えるほか、各地に結界を張り巡らせています。結界を張る方法はいくつかありますが、そのひとつが鳥居を建立することです。この辺りにはまだ結界がないゆえ、鳥居を造立《ぞうりゅう》したいと考えておりますが、いかんせん、人手も資材もありません。朝廷軍の兵と蝦夷の一族にお力添えいただき、鳥居を建てていただきたいのです。鳥居は聖域との境界を示し、邪を引き寄せる力を持ちます。鳥居をくぐった者の我欲は霧散し、邪は浄化します。どうか、鳥居の建造をお願いできませんか」

「それは偶然だな」田村麻呂は目を丸くした。「儂らは今、築城中の胆沢城の北に社《やしろ》を建立しているところだ。その折、参道に鳥居を設けるかどうかで議論を重ねていたのだ。いずれにせよ、この近隣には社がないゆえ、多くの人が集まるのは間違いない。参道に大きな鳥居を設ければ、邪を持つ人々を引き寄せ、浄化させることができるはずだ」

「それはありがたい」空海は目を輝かせた。

「こちらからも願いがあるのだが、聞いてくれるか」

「何なりと」

「儂と阿弖流為が平和に戦を終わらせようと思っても、朝廷軍も蝦夷の一族も、血気盛んな者ばかりだ。すぐに友好的になるのは難しいだろう。ぬしは、戦に身を投じている者の心にも邪が入り込んでいると思うか」

「その可能性は大いにあり得ます」

「ならば、両軍の前で仏法を説いてくれぬか。法話によってやつらの邪を滅したい」

「お安い御用です。明日にでも」空海は笑顔で応じた。

翌日、空海は集った両軍数万の前で仏法を説き、神仏の教えを伝えた。法話を終えると、両軍の兵は其処此処で酒を酌み交わし、肩を叩き合った。田村麻呂は空海の卓越なる話術に感服し、早急に鳥居を建造することを約束した。

両軍の助力があり、鳥居は予定よりも早く建造された。空海は真言を唱えて結界を張り、大きな鳥居を錫杖でこつこつと叩いた。

鳥居は社に訪れる人々が必ず通る場所にあり、鳥居をくぐる者たちはその瞬間光に包まれ、邪の力を失っていった。そのようすは、空海だけにわかるものであった。民衆にまぎれて三邪神が訪れるのを待ったが、その予兆はなかった。

三日ほど奥州に寝泊まりした空海らは、蝦夷を引き上げ、勤操《ごんそう》のいる石淵寺へと戻った。石淵寺には、全国に散らばる弟子たちから文が寄せられていた。空海はすべてに目を通した。邪の浄化が徐々に進んでいることは間違いないようだったが、各地に造立した鳥居に三邪神が引き寄せられたという報告はなかった。

「さて、どうしますかね」

「空海さま、ひとつ提案です。邪を引き寄せるもっとも適した場所は聖山にございます。どこかよき場所をご存じないでしょうか」

雀に尋ねられ、空海は思案した。聖山といわれて思いつくのは、山林修行で訪れたことのある南紀の山を思い浮かべた。高野山であった。

「ひとつ、幽寂《ゆうじゃく》なる山を存じています」

「どこでしょうか」

「高野山です」

「どうです、高野山に鳥居を造立してみてはいかがでしょうか」

「試す価値は大いにありそうです」

空海は勤操を頼って人手を集め、高野山に入った。久々に訪れた高野山はちょうど雲海《うんかい》に包まれており、幽玄《ゆうげん》なる空気が満ち満ちていた。

桓武天皇の側近からは、御神木を切って鳥居にしてはどうかと打診があったが、空海は丁重に断った。一切衆生の考えに照らし合わせれば、御神木も朽ち木も仏が宿っていることに変わりない。残材として転がっている倒木を使い、山頂付近の開けた場所に鳥居を建てることにした。

空海が高野山に鳥居を造立したことは瞬く間に知れ渡った。とくに興味を示したのは、山林修行に打ち込む沙門《しゃもん》らであった。神社仏閣があるわけではなく、ぽつねんと鳥居が建つだけの場所であるにもかかわらず、自らの裡に潜む邪を浄化したいと願う僧が多く集った。そして、この鳥居をくぐった者はより一層修行に打ち込めるとの評判が広まった。いつの間にやら修行僧の聖地となり、鳥居の傍らで観法を行う者も出てきた。

空海は鳥居の近くに簡素な草堂を編み、起居をすることにした。直観ではあるが、三邪神が来るのではないかという予感があった。その間、弟子である真牛、真筆、真飯にそれぞれ穴を掘らせ、常日頃より千手大社に納めている壺と神札《しんさつ》を三つずつ用意するよう命じた。雀は三邪神をおびき寄せるため、日がな一日琵琶を弾いた。その音色はもの悲しくも美しく、人々の心を打った。琵琶の音は不可思議な響きを持っており、なぜか麓まで届くようだった。

湿った風の吹く日だった。今日も鳥居の前には沙門の人だかりができていた。空海は草堂で瞑想を始めようとしたが、そこに雀が入ってきた。

「行列の後方にいる黒い袈裟をまとった三人の僧ですが、何やら匂いませぬか」

「匂うとは？」

「物の怪の類のような気がするのです」

「物の怪とは、三邪神でしょうか」

「ええ。弁財天が天部で三邪神に襲われたときも、生暖かい風が吹いていたのです」

空海は三人を見やった。それぞれ背負っている笈《おい》こそ気になるが、ごく平凡な沙門にしか見えない。

「何やら胸騒ぎがするのです」雀が眉をひそめた。

『空海よ、我の声を聞け』

胸の裡から聞こえてきた声は、帝釈天のものであった。

『雀の予感はあながち間違っておらんぞ。我もあの三人には不穏なものを感じる。鳥居をくぐるその瞬間をしかと見届けるのじゃ』

「御意」空海はいった。

ぽつりぽつりと雨が降ってきた。三人の僧は沙門の行列にまぎれて鳥居に近づいてきた。空海は固唾を飲んで見守った。

三人は鳥居の前で立ち止まった。ひとりが鳥居の前に立ち、合掌してからくぐった。そうしてひとり、またひとりと鳥居をくぐった。三人がくぐり終えても、何も起こらない。空海は、雀の心配が杞憂《きゆう》に終わりそうだと胸を撫でおろした。

そのとき、雷鳴がとどろき、三人の僧の頭に雷が落ちた。長蛇の列をなしていた沙門らから、どよめきの声が上がる。

巻き上がる黒煙に包まれた僧を助けようと駆け出そうとした空海だが、雀が前に立ちふさがった。

「三人同時に雷に打たれるなぞ、話ができすぎています」雀の声は切迫していた。

黒煙は徐々に晴れていく。三人の僧は地面に伏したまま、微動だにしない。

「見てください」

雀が声を裏返した。雷に打たれた三人の僧の背中が裂け、深緑色のどろりとした液体が溢れてくる。その液体は細胞のように蠢《うごめ》き、泡立ちながらかたちをなしていく。そうして目の前に姿を現したのは、三つ首、三つ目、三つ足の物の怪であった。鳥居に並んでいた沙門らは悲鳴を上げて逃げ惑った。

「すぐに山を下りてください」空海が叫んだ。沙門らは我先にと下山を急いだ。

「やはり」雀が青ざめた顔でいった。

「雀、私に錫杖を用意してください。真牛、真筆、真飯よ、それぞれひとつずつ壺を持ちなさい」空海は落ち着いて指示を下した。

『空海よ。その錫杖は金剛杵《こんごうしょ》の力が宿っておる。右手で持ち、高くかざすのじゃ』帝釈天の声が胸に届いた。

右手に錫杖を持った空海は、そのまま高く掲げ、真言を唱えた。すると、雨降りの中であるにもかかわらず錫杖に光が集まり、渦を巻き始めた。光は徐々に大きくなっていき、熱を帯びていく。空海は右手に受ける衝撃に耐えようと、地面を必死に踏みしめた。

その隙に、三邪神は空海へと近づいてくる。三つ目の物の怪が空海に近づき、息が顔にかかるほどになったそのとき、『今じゃ』と、帝釈天の声が脳に響いた。

すると、錫杖に集まった光が三つに分かれ、三邪神を捉えた。三筋の光はそれぞれ三邪神を高く持ち上げた。辺りは光に包まれ、風を巻き起こし、木の葉が舞った。三人の弟子は立っていられず、尻もちをついた。

空海は右手に力を込めた。

「真牛、真筆、真飯よ、壺を地面に据えて離すな」

空海はそういって高く掲げた錫杖を振り下ろした。

次の瞬間、三筋の光が三つの壺に向かって猛烈な速さで飛び込んでいく。三邪神は壺に閉じ込められぬよう抗う。空海は右手に力を込める。額に汗がにじむ。両者の力はしばらく拮抗したが、ついには三体ともそれぞれ壺に入った。

「真牛、真筆、真飯よ、木蓋を閉めて神札を貼れ」

三人の弟子は空海の命を受け、懸命に木蓋を閉め、その上に神札を貼った。断末魔の叫びが途切れたのと同時に垂れ込めていた黒雲が晴れ、青空が顔を覗かせた。

「真牛、真筆、真飯よ、よくやりました。その壺を掘った穴に埋めるのです」

空海に褒められた三人の弟子は、うれしそうに頬を紅潮させながらいそいそと壺を穴に運び、土で埋め始めた。

『空海よ、みごとじゃった』帝釈天の声が聞こえた。

「空海さま、ご無事でしょうか」雀が駆け寄ってきた。

「御心配にはおよびません。それよりも、錫杖が光を集め始めたときは衝撃と重みで腰が抜けるかと思いました」

「帝釈天さまの持つ金剛杵は、煩悩を打ち毀《こわ》す武器です。錫杖が金剛杵の力を宿し、三邪神を封じ込めたのです」雀は興奮している。

「いやはや、驚きました」

そういって周囲を見渡すと、鳥居の下で三人の僧が地面に伏していた。空海と雀が近づくと、三邪神が這い出てきた際に裂けた背中は、いつの間にかふさがっている。

空海は僧をひとりずつ抱きかかえて草堂に運び、水を飲ませた。三人のうち、眉の太いひとりの僧が目を覚ました。

「……ここはどこでしょうか」

「高野山の鳥居です」空海が答えた。

「もしや、空海さまが造立した鳥居ですか」

「いかにも」

「なぜ我々がここに？」

「もしや、高野山を登った記憶がないのですか」

「今朝がた、寺でこのふたりと勤行《ごんぎょう》をしていたはずですが……以後のことが思い出せません」

「三邪神が心に入り込み、からだを乗っ取っていたのやもしれませぬ」雀がいった。

「三邪神とは？」僧が不思議そうに尋ねた。

空海はいましがた起こった顛末《てんまつ》をかいつまんで話した。

「三邪神はこの世に邪を撒き散らし、天災や飢饉や戦乱を起こす元凶となっているのです」

「まさかそのようなことが現世に起ころうとは……」僧は絶句した。

「そなたらが背負っていた笈には何が入っているのですか」空海が聞いた。

「我らは笈を背負っていましたか。何を入れてきたのか、まるでおぼえていません」

「調べてもよろしいでしょうか」

「もちろんでございます」

傍らで話を聞いていた三人の弟子が草堂を飛び出し、笈をひとつずつ運んできた。

「これほど大きな笈に何が入っているのでしょうか」

僧はひとつの笈の帖木《じょうぎ》を外し、観音扉《かんのんとびら》を開こうとするが、一向に開く気配がない。

空海は錫杖を右手にかざし、光を集めた。そうして笈をこつんと叩いた。

「これでいかがでしょうか」

僧が観音扉を引くと、今度は扉が開いた。笈より放たれる輝きに、僧が目を丸くした。

「これは草薙剣《くさなぎのつるぎ》です」雀が声を弾ませた。

残りふたつの笈の観音扉を同じ手順で開けた。ひとつには八咫鏡《やたのかがみ》、ひとつには八坂《やさか》瓊勾玉《にのまがたま》が収まっている。三種の神器であった。

「ようやく取り戻しましたね」雀がいった。

『空海よ、よくぞ役目を果たしてくれた』

帝釈天の満足げな声が心に響いた。その声音には安堵の色がにじんでいる。

『しかし、これですべての邪が浄化したわけではない。先の時代に向けて、やるべきことは山積みじゃ』

「御意」空海は虚空に向かいつぶやいた。

すると僧が「誰に話しているのです」と尋ねてきた。帝釈天の声が聞こえるのは、空海のほかに、転生した雀、そして三人の弟子だけだった。

「天部の神です」空海は歯切れよく答えた。

第三章　天部の十二神将との戦い

雪深い山を歩いている。三日ほどまともな食事をとっておらず、雪を食《は》んで露命をつないでいる。袈裟の襟元から寒風が入り込み、体温を奪っていく。

空海は雪の積もっていない大樹の根元に腰をおろし、瞑想を始めた。次第に心が澄み渡り、無限とつながっているような感覚をおぼえる。都の栄華から離れ、山林修行に打ち込むことは、空海にとって何よりの楽しみだった。都の栄華から離れ、すべての執着から脱却し、求道に人生を費やす。これぞ自分の生きる道であると悟った。

ただし、山に籠ってばかりもいられない。帝釈天より受けた使命を果たす必要があった。

三邪神を封じ込めた後、空海は雀と三人の弟子を引き連れて五畿七道《ごきしちどう》を行脚した。空海のもとに集まるのは、貴族や僧侶ではなく、貧しい民衆だった。空海は神仏の教えと光の存在の言葉を噛み砕いて伝えた。すると、民衆たちは心の曇りが晴れたような表情を見せ、帰っていくのだった。中には、光の存在の言葉についてより詳しく知りたいという者もいた。そういったとき、空海は次のように語った。

「人は宇宙と一体であり、肉体を離れても御魂は永遠に存在します。邪が蔓延する今こそ神仏に寄り添い、自分の使命に気づくときです。世のため人のために生きる人たちの御魂が、これから創造される新しい世界に必要なのです」

このような力強い言葉が広まり、空海の支持者は日増しに増えていった。

そうして今、都に戻りわずかばかりの休暇を得た空海は、吉野の深山で斗藪《とそう》を行っていた。深い静寂の中、生命だけではなく、木や土や雪に仏が宿っていることを、ありありと感じていた。

「空海さま――」

遠くから声が響いてきた。その声は繰り返され、徐々に近づいてくる。どうやら真牛のようだ。何やら焦っているようにも聞こえる。

「真牛よ、ここです」

空海は瞑想をやめて瞼《まぶた》を開け、凛とした声で答えた。特別声を張ったわけではなかったが、なぜか山間《やまあい》によく通る声だった。

雪を踏みしめる足音が聞こえてきた。木々の間からようやく見えてきた姿は、やはり真牛そのものだった。

「空海さま、大変です」

雪山を登ってくるのが堪えたのか、真牛は息を弾ませている。

「いったいどうしましたか」空海が聞いた。

「雀さまについてお伝えしたいことがございます」

「話してごらんなさい」

「じつは雀さまが毎夜、悪夢にうなされているのです」

「ほう、悪夢ですか」

「どのような悪夢かは伺っておりませんが、何日も続けて見ているようです。そのせいか、雀さまの御身《おんみ》が日に日にやつれてきております。雀さまには口止めをされているのですが、あまりの痛々しさに耐えられなくなり、空海さまのもとに参った次第です」

「それでは、すぐに山を下りることにしよう」空海は応じた。

雀らが仮住まいとして起居している石淵寺の宿坊に戻ると、真筆と真飯が駆け寄ってきた。

「雀の具合はどうですか」空海はふたりに聞いた。

「昨晩、満足に眠れなかったようで、ただいま午睡されています」真筆が声をひそめて答えた。

「昼は悪夢を見ないのでしょうか」

「いえ、いつ眠っても悪夢にうなされるようです」真飯が心配そうな表情を見せた。

「一度、眠っている姿を見てみましょう」

空海は手に錫杖を持ち、三人の弟子を連れて雀の眠る一室の襖を開けた。足音を立てずに枕元に立ち、雀の顔を覗き見る。雀はすやすやと寝息を立てている。

「何か変化があるやもしれません。しばらくようすを見てみましょう」

空海が枕元に座ると、つられて三人の弟子も座った。

半刻が経った頃、雀からかすかな声が聞こえた。

「うぅ……」

雀は苦しそうに悶えている。

「悪夢を見ているのでしょうか」真牛が心配そうにいった。

「真牛よ、湯を沸かしてください。真筆は囲炉裏の灰を、真飯は樒《しきみ》の枝をここへ運んでください」

「御意」三人は声を揃えて答え、室を出ていった。

しばらくすると、真筆が囲炉裏の灰を、真飯が樒の枝を持ってきた。最後に真牛がぐつぐつと煮え立った鍋を運んできた。

空海は懐から薬袋《やくたい》を取り出し、煎じてある延命草《えんめいそう》を雀の口に含ませた。それから湯の張った鍋にひとつまみの灰を溶かし、樒《しきみ》の枝からとった一枚の葉を浸して雀の額に張りつけた。

「うぅ……ぐぅ……」雀のうなされる声が次第に大きくなり、表情はさらに崩れ、歪んでいく。顔は朱に染まり、口には牙が生え、鬼のような形相を呈している。

「おう」真牛が唸った。「いったいどういうことでしょうか」

そのとき、雀が口を開けて咆哮した。雀の口から赤褐色の靄《もや》がとめどなく吐き出され、室を覆った。空海は樒の枝を湯につけて頭上に掲げた。すると靄は、樒の枝に吸い込まれていった。空海は靄を吸い込んだ樒の枝を湯に浸した。湯は血のように真っ赤に染まった。

「空海さま、これはいったい……」真牛が尋ねた。

「雀のからだから悪夢を吸い取りました。夢は熱湯に弱い。これで雀も安心して眠れるでしょう」空海が答えた。

雀は安らかに寝息を立てている。三人の弟子は顔を見合わせ、「さすがは空海さまだ」と口々にいった。

その晩、三人の弟子を先に眠らせた空海は、枕元で雀を見守っていた。雀は深い眠りに落ちているようだった。

翌朝、雀が起きた。からだはやつれていたものの、憑きものが取れたような顔を見せたことで空海は胸を撫でおろした。

「よく眠れたようですね」空海は雀に声をかけた。

「久しぶりに悪夢を見ずに眠れました。空海さまが何かしてくれたのでしょうか」

「少しばかりね」空海はいった。「いったいどのような悪夢を見ていたのですか」

「それが、毎晩同じ夢なのです。憤怒の表情を浮かべた十数人の神か悪鬼に追い回され、ついには囲まれ、絶壁から突き落とされそうな瞬間に目が覚めるのです」

『十数人か』部屋に帝釈天の声が響いた。雀に加え、三人の弟子にも聞こえているようだ。

『そやつらは、互いに名前を呼び合っていたか』帝釈天が雀に尋ねた。

「そういえば、『くびら』やら『あにら』やら呼び合っていたような気がします」

『宮毘羅《くびら》に頞儞羅《あにら》か。そやつらは十二神将《じゅうにしんしょう》じゃ』

「十二神将、ですか」空海が復唱した。

『そもそもは薬師如来《やくしにょらい》の従者で、それぞれが七千の夜叉を従えておる。善神の十二神将が人を追い回すとは思えぬが……』帝釈天が続ける。『ただの夢と割り切ればよいのだが、十日も続けて見たのなら凶兆やもしれぬ。雀よ、十分に気をつけて過ごすのじゃ』

「かしこまりました」雀は姿の見えぬ帝釈天に返事をした。


それから一月《ひとつき》ほど経ったある晩、ひとりの沙門が石淵寺を訪れた。眉間に深いしわを刻む僧であった。

「何か御用ですかな」住職の勤操が応じた。空海は傍らでそのようすを見つめていた。

「招杜《しょうと》と申します。和泉国より京を目指してきましたが、道に迷ってしまいました。どうか一宿一飯を恵んでくださらんか」沙門はいった。

「それでは僧堂を使ってくだされ。いま粥を運ぼう。真牛や、案内を頼む。真飯よ、そなたは粥をお運びしてくれ」

「かたじけない」僧が頭を下げた。

空海は一足先に宿坊へ戻り、雀に客僧が来たことを伝えた。そのうち、真牛と真飯が戻ってきた。ふたりとも怪訝な顔つきをしている。

「何かありましたか」空海が尋ねた。

「それが、何やら匂うのです」真牛がいった。

「匂う？」

「先ほどの僧です」真飯がいった。

「しばらく風呂に入っていなければ、少しは匂うだろうよ」空海が答えた。

「それが、違うのです」真牛が声を大きくした。「これまでかいだことのない、爽快《そうかい》な薫香《くんこう》なのです。どうも高貴なお方とお見受けします」

「同感です」真飯が訴えた。

「ふむ」空海は考えを巡らせた。「悪い匂いでないとはいえ、少々気がかりですね。明朝まで警戒が必要かもしれません」

「何だか嫌な予感がします」雀が不安そうな顔を見せた。

「何、戸締りをして寝れば大丈夫でしょう」空海は笑みを見せ、皆を安心させた。

空海は自分の室に戻って床についた。僧の正体についてあれこれ考えているうちに、いつの間にか眠りに落ちていた。

ぎゃあ、と叫ぶ声が聞こえ、意識を現実に引き戻された。女の声だった。

空海は錫杖を手に取り雀の室へ向かった。戸締りを促したにもかかわらず、引き戸が開いている。室に足を踏み込むと、招杜が雀のそばに立っている。雀がからだにかけている衾《ふすま》の上に剣が刺さっており、血がにじんでいる。

空海は雀に駆け寄り脈をとったが、すでにこと切れていた。

「空海さま、何があったのでしょうか」

三人の弟子が室に入り、雀の姿を見て絶句した。

「そなたらは下がっていなさい」空海は三人を室の外に出した。

「招杜とやらよ、いったいどういうつもりだ」空海が僧を詰問した。常に丁重な言葉遣いをする空海にはめずらしいことだった。

招杜は不敵な笑みを浮かべて袈裟を脱いだ。そこには、鎧をまとった骨太のからだがあった。顔を見れば、眉間のしわはさらに深まり、鬼のように見える。真牛と真飯が話していたとおり、芳しい香りが鼻を掠めた。

「我は招杜羅《しょうとら》。十二神将のひとりなり。天部の神々の意向に背いた帝釈天と弁財天を討ち取るべくこの世に降り立った。弁財天の次は、帝釈天と合心したぬしに天誅を下す」

そういうと招杜羅《しょうとら》は雀の腹に刺さった剣を引き抜いた。剣は血に塗れている。

「天誅とは大げさな」空海が眉間にしわを寄せた。

「帝釈天よ、聞こえるか」招杜羅は空海と合心した帝釈天に呼びかけた。「天部でぬしの姿を見かけぬことに不信を抱いた薬師如来さまが、弁財天の従者である十五童子のひとりを叱責し、ぬしの居所を吐かせた。強硬派の神々は怒りに燃えている。天部の鉄則を破ってぬしに力を貸した穏健派の沙伽羅龍王は、罪を問われ牢獄に幽閉されたぞ」

『なんと』帝釈天は空海の裡で狼狽した。

「こうしている間に、ほかの十二神将が石淵寺に集まってくるだろう。帝釈天、そして空海よ。ぬしらの命もここまでだ」

招杜羅が血塗れの剣を構えた。

その瞬間、空海は錫杖を頭上にかざした。そこから放つ光で招杜羅を弾き飛ばした。

「真牛、真筆、真飯よ、逃げましょう」空海が呼びかけた。

「勤操さまは？」真筆が心配そうにいった。

『心配無用。十二神将は腐っても神じゃ。我の命を狙いこそすれ、現世の人間を無駄に殺生することはない』帝釈天が空海の裡から声を響かせた。

空海は大慌てで室に戻り、千手大社を背負ってから寺を飛び出した。逃亡先に選んだのは、地形を知り尽くしている金峯山だった。弟子の三人を置き去りにせぬよう、空海は最後尾に陣取り、追っ手を振り返りながら進んだ。

歩いているうちに、雀の顔が脳裏をよぎった。時折、前方から泣き声が聞こえてくる。雀を母のように慕っていた弟子の三人の声だった。

『空海よ、聞こえるか』帝釈天の声だった。『残念なことに、雀の存在は未来永劫この世から失われてしまった。しかし、雀に転生していた弁財天の御魂は、雀の肉体を失うことで天部へと戻っておる。まずはそのことを伝えておくぞ』

「不幸中の幸い、ということですね」自分を落ち着けるためにそういったが、湧き上がる悲しみは抑え切れない。雀の肉体を消失したことは、まぎれもない事実であった。

足元には雪が積もっている。日が当たれば雪は溶け、土に沁み込み、地下水となって川へ流れ込む。川の流れが止まることを知らぬように、冬はいつしか過ぎ去り、春が訪れる。春に咲く花は、いずれは枝の下《もと》で散っていく。

空海は万物が流転する無常の現世を思った。そうして雀のほがらかな笑顔を思い出しながら、山道を登っていった。

どれほど歩いただろうか。弟子の三人の足取りが鈍ってきた。

「一旦休みましょう」空海は三人に声をかけた「さすがに疲れましたか」

「いえ、疲れてはいないのですが……」真飯が言葉を濁す。何かものいいたげである。

少し黙っていると、ぐう、と腹の鳴る音が聞こえた。空海は思わず笑ってしまった。

「腹が空いたのですね。気づかずに申し訳ありません」

「滅相もございません。恥ずかしい限りでございます」真飯が恥ずかしそうにいった。

「何、生きていれば腹が減るものです。何か食べましょう」

空海は肩に背負う千手大社を降ろし、観音扉を開けて干し飯を取り出した。わずかばかりの量しかなかったが、弟子の三人には行き渡らせることができた。

「空海さまは空腹ではないのですか」真飯が申し訳なさそうにいった。

「私は腹が空いていません。もし腹が減ったら、雪を払って草でも食べましょう。気にせず食べなさい」

三人の弟子の食事のようすを見ながら、空海は胸の裡の帝釈天に語りかけた。

「帝釈天さま、気になることがございます」

『どうしたのじゃ』帝釈天が空海の問いかけに応じた。

「私と帝釈天さまは合心しています。他方、弁財天さまは雀に、十五童子の三人は僧に転生しました。合心と転生の違いはどこにあるのでしょうか」

『合心は、神が人間の御魂に入り込み心をひとつにする神業じゃ。天部の掟で人間と合心できる神は一体と定められておる。一方、転生は神が自らの心身を滅し、人間として生まれ変わることじゃ。転生すると、神としての能力は半減し、また神としての記憶も徐々に薄れていく。天部に戻る手段は、転生した人間の命が尽きた瞬間のみじゃ』

「あの十二神将の招杜羅とやらは、合心せず、また転生もせずこの世に降り立ったように見えましたが、帝釈天さまはどのように見立てていますか」

『ぬしのいうとおりじゃ。やつは合心も転生もしていない。神の姿のまま地上に降り立っている。神の力をそのまま使えるゆえ、人間の姿にも変化できる』

「そのようなこともできるのですか」

『天部の世界の掟では、神々がそのままの姿で地上に降り立つのは禁じられておる。なぜかといえば、神々の持つ力があまりに強力すぎるゆえ、一歩間違えれば人間に甚大な被害をおよぼす可能性があるからじゃ。しかし、よほどの事態が起きた場合のみ、合心も転生もせずに地上に降りることを許可しておる。今回に限っていえば、我と弁財天、そして十五童子の三人の行いが、ほかの神々の逆鱗に触れ、我らを捕らえるためという理由で許されたのじゃろう』

「天部の世界に帝釈天さまの味方はおらぬのでしょうか」

『そんなことはない。先ほど招杜羅が牢獄に幽閉したといっていた沙伽羅龍王や、その娘の善如《ぜんにょ》龍王らは味方となってくれよう』

「もうひとつ伺ってもよろしいでしょうか」

『申せ』

「招杜羅はなぜ私たちが石淵寺にいるとわかったのでしょうか」

『いわれてみればそうじゃな』

「天部の神々は、この世の動きを透視することができるのですか」

『いや、天部の神々とて万能ではない。この世に生きる人々の動きをすべて把握することは不可能じゃ』

「そうなると、十二神将が天部からこの世に降り立つとき、私たちの居場所は把握していなかったことになりますね」

『そのとおりじゃ』

「それでは、なぜ居場所を突き止められたのでしょうか」

『むう』帝釈天は黙り込んだ。三人の弟子は干し飯を食べ終え、空海と帝釈天の話に聞き耳を立てている。

『神々は五感に優れている。たとえば、何か特別な匂いを発するものを携えておったら、その匂いは千里を超えて伝わるものじゃ。我はぬしと合心しているため、この世にいる間は神としての力は多少抑制されるが、十二神将は何かを掴んでいるのかもしれぬ』

「五感ですか」

空海は隣に置いた千手大社の観音扉を開けた。掌《たなごころ》に乗る大きさの仏像があるほか、仏事に使用するさまざまな道具を入れているが、五感に訴えるようなものは何もなかった。

「空海さま、よろしいでしょうか」真筆が恐るおそるといった体《てい》で話しかけてきた。

「どうしましたか」

「じつは、雀さまの部屋からこのようなものを勝手に持ち出してしまいました」

そうして真筆が頭陀袋《ずだぶくろ》から取り出したのは、雀の琵琶だった。

「雀さまは、石淵寺の宿坊で私たち三人によく琵琶を聴かせてくれました。もしかすると、その音が十二神将に届いたのではないでしょうか」

『なんと』帝釈天がいった。『弁財天が転生した雀の琵琶ならば、やつらの耳にもきっと届いたじゃろう』

「なるほど、そういうことでしたか」空海が首肯した。「ならば、琵琶を弾かなければ十二神将には気づかれないともいえますね」

『そうじゃな』帝釈天の声が聞こえてきた。

「この隙に逃げましょう」

『どこか適当な場所はあるか』

「三邪神を封印した高野山の鳥居の近くに草堂を残しています。私と三人の弟子が起居するには十分な広さです」

『うむ、ではそこへ参ろう』

空海と弟子の三人は、雪道を無心で進んでいった。

久々に訪れた高野山の頂は静寂に満ちていた。鳥居は雪を被《かむ》っていた。厳寒期ゆえ、僧尼の姿はまばらであったが、ぽつりぽつりと訪れるものがいた。

空海は草堂に起居し、久々に山林修行に打ち込んだ。深山で瞑想することは、空海の心の滋養となった。

数日後、草堂で三人の弟子と鍋を囲んでいると、何やら外から声がした。

「ごめんくださいませ」

女人《にょにん》の声であった。

「どうされましたか」空海が外に出ると、ほっそりとした女が立っていた。在家の優《う》婆《ば》夷《い》であった。

「私は燕《えん》と申します。鳥居に訪れたところ、空海さまの草堂からお声が聞こえましたので、もしやと思いごあいさつに上がりました。空海さまで間違いありませんね」

「いかにも、私は空海です」空海は用心した。十二神将の誰かではないかという疑念が拭えなかった。

『待て、ぬしは善如龍王《ぜんにょりゅうおう》か？』唐突に帝釈天の声が空海の裡から響いた。

「さすが帝釈天さま、よくぞお気づきになりました。私は善如龍王です。雀が招杜羅に命を奪われた結果、雀に転生していた姉の弁財天が天部に戻り、此度の顛末を伺いました。牢獄に幽閉されている沙伽羅龍王に相談したところ、誰かが空海さまの力にならねばという話になり、私がこの燕という優婆夷に転生したわけでございます」

『天部の掟で転生できる神はひとりと限られておる。弁財天の御魂が天部に戻ったことで、ぬしがこの世の人間に転生できたというわけか』

「左様でございます。空海さま、よろしくお頼み申し上げます」燕が頭を下げた。

「燕さんにお力添えいただき、心丈夫です」空海が答えた。

「もうひとつ、お伝えしておきたいことがあります」燕が真剣な表情で続けた。「薬師如来さまがこの世に送り込んできた十二神将は一枚岩ではありませぬ。帝釈天さまの味方につきたいと考えている者もいます」

『それは誠か』帝釈天が驚きの声を上げた。

「誠でございます。三次元世界であるこの世を破壊することに躊躇し、帝釈天さまを助けたいと考えている者がいるのです。珊底羅《さんてら》、頞儞羅《あにら》、安底羅《あんてら》、迷企羅《めきら》、伐折羅《ばさらく》、宮毘羅《びら》の六人は帝釈天さまの味方です」

『六人か。盤石の絆を誇るといわれる十二神将が、まさか二手に割れるとはな』

「十二神将の半数と私たちが力を合わせれば、けっして勝てぬ相手ではありませぬ」

『そうじゃな。そもそも三邪神をこの世に降り立たせてしまったのは我の過失じゃが、邪を滅するための善行をしておるのに、いつまでも責め立てられる必要はなかろう。やつらがその気なら、白黒はっきりつけてやるわ』帝釈天の声に怒りが籠っている。

「ただし、ひとつ懸念がございます」燕が真剣な面持ちを見せる。「善如龍王である私が勝手にこの世へ降り立ったことで、ほかの神々が烈火のごとく怒るのは目に見えています。十二神将以外にも、確実に追っ手が現れるでしょう」

『つまり、敵は十二神将の六人だけではなく、さらに増える可能性があるということか』

「左様でございます」燕は話を続ける。「私は転生した身なので、いずれ善如龍王としての記憶は消え去ります。忘れぬうちに伝えるべきことをお伝えすることができ、安堵しております」

空海は帝釈天と燕の話を黙って聞いていた。雀の命を奪われたのは事実だが、仏道に命を賭す沙門として弔い合戦をする心持ちにはなれなかった。神々の争いに巻き込まれているのは苦痛だった。しかし、帝釈天と合心しているため、避けられぬ道ではあるのだろうとも感じていた。

『空海よ、ぬしの気持ちはわかる。天部の戦いに巻き込んでしまい申し訳ない』帝釈天が空海に詫びた。空海は曖昧に笑うことしかできなかった。

『とはいえ、戦いを避けることはできん。十二神将をおびき寄せるには、やつらの五感に訴える必要があるな。雀の琵琶を弾ける者がいればよいのじゃが、どうしたものかのう』

「私が弾きましょう。姉の弁財天に琵琶を習ったことがあります」燕が名乗りを上げた。

『誠か。よし、琵琶はぬしに任せたぞ』

「真筆よ、琵琶の入った頭陀袋を持ってきなさい」空海が呼びかけた。「いくら神々が人間を攻撃しないとしても、万にひとつの間違いが起きぬとも限りません。戦が始まるのであれば、高野山の鳥居に僧尼が集まらぬよう、私が結界を張りましょう」

燕が琵琶を撥《ばち》で弾いている最中、空海は鳥居の東西南北に位置する大樹に神札を使い結界を張った。聖域を隠す人払いの結界であった。この結界が張られているうちは、すべての人間の意識から鳥居の存在が消え去るのであった。

準備を終えると、空海は瞑想をしながら十二神将が到着するのを待った。木々に止まっている鵯《ひよどり》が甲高い声で鳴いている。空海は鳥の声に耳を澄ませ、大自然に身を預けた。

どさっと何かが地に落ちた音がした。音は一度ではやまなかった。一、二、三、四、五、六、七、八、九、十、十一、十二。そうして音はやんだ。

空海は目を開けた。眼前には、石淵寺で出くわした招杜羅の姿があった。その後ろに、十一人の神が待機している。

「空海、そして帝釈天よ。ようやく見つけたぞ」招杜羅が凄んだ。「先ほどはよくもやってくれたな。我ら十二神将の手にかかれば、ぬしらはひとたまりもなかろう」

そのとき、六人の神が隊列から抜け出し、空海を守護するかのように招杜羅と対峙した。

「招杜羅よ、我ら六人の神は帝釈天の味方につく」
「あれは珊底羅です」燕が空海に耳打ちした。
「我は珊底羅。帝釈天の味方につく」珊底羅は法螺貝《ほらがい》を携えている。
「我は頞儞羅。帝釈天の味方につく」頞儞羅は矢を携えている。
「我は安底羅。帝釈天の味方につく」安底羅は宝珠を携えている。
「我は迷企羅。帝釈天の味方につく」迷企羅は独鈷杵《とっこしょ》を携えている。
「我は伐折羅。帝釈天の味方につく」伐折羅は剣を携えている。
「我は宮毘羅。帝釈天の味方につく」宮毘羅は剣を携えている。
「貴様ら、寝返るのか」招杜羅は怒髪天を衝いている。
「我は招杜羅。帝釈天に天誅を下す」招杜羅は剣を携えている。
「我は毘羯羅《びから》。帝釈天に天誅を下す」毘羯羅は三鈷杵《さんこしょ》を携えている。
「我は真達羅《しんだら》。帝釈天に天誅を下す」真達羅は宝棒《ほうぼう》と宝珠を携えている。
「我は摩虎羅《まこら》。帝釈天に天誅を下す」摩虎羅は斧を携えている。
「我は波夷羅《はいら》。帝釈天に天誅を下す」波夷羅は弓と矢を携えている。
「我は因達羅《いんだら》。帝釈天に天誅を下す」因達羅は三叉戟《さんさげき》を携えている。

十二神将は二手に分かれて向き合い、憤怒の形相で睨み合った。空海、燕、真牛、真筆、真飯の五人は、十二神将から十分な距離をとり、固唾を飲んでそのようすを見守った。

地鳴りが起こった。十二神将は怒りで震え、踏みしめている大地を揺らしている。十二神将はそれぞれ歯を食いしばり、全身に力を入れ始めた。大地はいよいよ激しく振動している。その振動に合わせ、むくり、むくり、とからだが大きくなっていく。からだが大きくなるにつれて、鎧や武器まで大きくなっていく。四肢の筋肉ははち切れんばかりに膨れ上がり、背丈は空海の倍ほどに高くなっている。

「手加減はせぬ」招杜羅がいった。

「望むところよ」帝釈天の味方につく六人の神が口を揃えた。

ついに戦いの火蓋《ひぶた》が切られた。筋骨隆々の神々が対峙し、武器と武器がぶつかり合う音が響く。矢を放つ者もいれば、法螺貝を吹いて戦意高揚を促す者もいる。十二神将はそれぞれ鎧を身につけているが、双方の激しい攻撃によって鎧が裂け、血がにじんでいる者もいる。両軍の力は拮抗しており、日が暮れても決着はつかず、やがて朝を迎えた。神々は皆、肩で息をしている。

『空海よ、そろそろ加勢せよ。錫杖の光をやつらに放つのじゃ』帝釈天が空海に訴えた。『天誅とは笑止《しょうし》。こちらには空海と合心した我と、転生した四人がおる。多勢に無勢じゃ』

「ふん」招杜羅は不敵な笑みを浮かべた。そうして足元の雪を手で払い、枯れ草を抜き、味方である五人の神に一本ずつ手渡した。

招杜羅は枯れ草にふうと息を吹きかけた。枯れ草は青鬼に化けた。

毘羯羅は枯れ草にふうと息を吹きかけた。枯れ草は赤鬼に化けた。

真達羅は枯れ草にふうと息を吹きかけた。枯れ草は獅子に化けた。

摩虎羅は枯れ草にふうと息を吹きかけた。枯れ草は狛犬に化けた。

波夷羅は枯れ草にふうと息を吹きかけた。枯れ草は風神に化けた。

因達羅は枯れ草にふうと息を吹きかけた。枯れ草は雷神に化けた。

『なんと……』帝釈天が絶句した。

「ぬしを打ち負かすために、天部の神々の指令でこの世に降り立った仲間じゃ。どちらが多勢でどちらが無勢か、目を見開いてたしかめよ」

そのとき、目の前が光に包まれ、前が見えなくなった。空海は袈裟の袖で目を覆い隠し、何が起こったのかを薄目でたしかめた。煌々とした光に包まれた人の姿が見える。その者は足が地についておらず、宙に浮いている。

『弁財天ではないか』帝釈天が張り裂けんばかりの声で叫んだ。

「いかにも、私は弁財天です」弁財天はにこりと微笑んだ。「天部の混乱の隙を縫って、帝釈天さまの助太刀に参りました」

『それは心強い』帝釈天の声が弾んでいる。

「空海よ、雀が招杜羅に命を奪われたことは、誠に残念でした。仏道に生きるそなたにとって、戦に身を投じるのは本意ではないでしょう。しかし、この世が破壊されるかどうかの瀬戸際です。どうか力を貸してください」弁財天は澄んだ声音で空海に語りかけた。

空海は求道するうえで永遠の世界に溶けることを想定しているが、今すぐにすべての民衆の命が失われてもよいとは考えていなかった。

『空海よ、神々の世界に死苦こそあれど、十二神将は戦いで命を落とすようなやつらではない。今はやつらを打ち負かすのが先決じゃ。三邪神と同じように、錫杖の光でやつらを壺に封じ込めるのじゃ』帝釈天が早口で捲《まく》し立てた。

「真牛、真筆、真飯よ。千手大社にしまってある一番大きな壺を出しなさい」

空海が命じると、三人の弟子はすぐに動き出した。

「者ども，出合え」招杜羅のかけ声で、二手に分かれた十二神将の戦いがふたたび始まった。

弁財天が剣を抜いて敵地に攻め入った。目にも止まらぬ速さで斬りかかり、青鬼に、赤鬼に、獅子に、狛犬に、それぞれ太刀を浴びせた。

続いて弁財天が雷神に向かったところ、雷神は地上に雷を落とした。雷は一度ではなく、何度も何度も落ちた。雷の落ちた木は勢いよく燃え盛り、次々にほかの木へと燃え移っていった。そこに、風神が風を吹かせた。風は炎の勢いを強め、高野山の頂を燃え尽くすかのようだった。あまりの熱さに、人間の姿をした空海と三人の弟子は、身動きが取れなくなった。

そこで動いたのが燕であった。

燕は目をつむり、天に向かって両腕を広げた。そして、口の中で何やら唱えている。

しばらく経つと、空が雲に覆われ、ぽつりぽつりと雨が降り始めた。雨は次第に激しさを増し、土砂降りとなり、燃え盛る炎を鎮めた。燕は力を使い尽くしたのか、その場に座り込んでしまった。その拍子に雨はぴたりとやんだ。

「ご無事ですか」空海は燕に駆け寄った。

「転生しているゆえ、善如龍王としての力は半減していますが、どうにか炎を消すことはできました」よほど消耗したのだろう、燕は肩で息をしている。

燕との力の競い合いに負けた雷神と風神は、少し離れた場所で地団太を踏んでいる。

『よし、仕切り直しじゃ。空海よ、錫杖に光を集めてやつらに放て』

帝釈天の指示を受けた空海は、右手で持った錫杖を頭上にかざし、光を集めた。光は徐々に大きくなり、渦を巻き始めた。

空海が放った光は、青鬼、赤鬼、獅子、狛犬、風神、雷神をひとつに束ね、天高く舞い上がった。空海が錫杖を振り下ろすと、その光は猛烈な速さで三人の弟子が支える大きな壺へ飛び込んだ。しかし、風神と雷神は壺からうまく這い出てしまった。

双方の力は互角で、押しも押されもしない状態が長く続いた。

二手に分かれた十二神将の戦いは、より激しさを増していった。

空海は、この戦いが長く続くことを覚悟した。

第四章

阿弥陀如来の和解案と七福神の誕生

日は中天に達しようとしていた。

日差しは木々の枝葉に降り積もっている雪を溶かし、大地に落ちていく。大地は何度も踏みしめられ、雪と泥が混じったぬかるみになっている。

大地を何度も踏みしめたのは仏たちである。

一方の勢力は、帝釈天と合心した空海、弁財天、燕、真牛、真筆、真飯、そして、十二神将の珊底羅、頞儞羅、安底羅、迷企羅、伐折羅、宮毘羅である。

もう一方の勢力は、十二神将の招杜羅、毘羯羅、真達羅、摩虎羅、波夷羅、因達羅、そして、天部の使いとしてやってきた風神と雷神である。同じく地上に降り立った青鬼、赤鬼、獅子、狛犬は、空海の力によって壺に封印した。

双方は一定の距離を保って睨み合ったまま、微動だにしない。戦の前線に立つ十二

神将のからだには生傷が絶えない。空海らは少し離れた場所に立ち、仏たちの戦いを見守っていた。

戦は熾烈を極めた。それにもかかわらず決着がつかないのは、燕の力が理由だった。燕に合心している善如龍王は、雨を降らせる力のみならず、時空を操る虹の力を持っていた。時空を操る力は、過去と未来の往来を可能にする。燕はこの力を使い、味方が致命傷を負ったときには、すぐに時間を過去へ戻した。過去に戻れば、味方は傷を負う前の状態に戻るが、同時に敵の傷も回復させてしまう。

双方が時空を行き来しつつ戦うため、戦に相当な時間を費やしているにもかかわらず、三日と経ていない。夜が来たかと思えば夕暮れに戻り、東雲の空を眺めたと思えば満天の星空を見ているということがままあった。すべては燕の仕業であった。

戦を続けるうち、双方は消耗していった。過去に戻れば体力は回復するが、いつまで経っても終わらない戦に気力がすり減っていった。しかし、十二神将の攻撃力が高く、命中するたびに空海らに味方する六人の神が命を落としかねない傷を負ってしまうため、燕は都度、時間を過去に戻さざるを得なかった。

『空海よ』空海の裡から帝釈天の声が聞こえた。

「帝釈天さま、どうされましたか」空海が聞いた。

『この戦、埒が明かないのう』帝釈天の困ったような声であった。

「私も同じことを思っていました。双方武力が拮抗しており、いつまで経っても決着がつきそうにありません」

『どうしたものかのう』帝釈天は大きくため息をついた。

それでも、十二神将たちは戦をやめようとしない。空海たちはただただ見守るしかなかった。

日は西に傾き始めた。冬の空は高く、どこまでも青く澄み渡っている。

空海はふと、空を見上げた。綿雲《わたぐも》が其処此処に点在し、風に吹かれている。日の光を隠している綿雲は陰影が濃く、その隙間から光芒《こうぼう》が見える。空海はその美しさに息を飲んだ。光の梯子をつたい、この世に仏が降り立つのではないかという美しさであった。

空海が光芒に見とれていると、一陣の風を合図にいくつかの綿雲が集まり、かたちをなしていった。徐々に輪郭が浮かび上がっていくさまに、空海はただただ驚いた。

頭には肉髻《にくけい》を冠しており、肉髻朱《にくけいしゅ》も見える。伏せられた細い目は慈愛に満ちている。蓮華座に座すからだは衲衣《のうえ》をまとっており、両の手は阿弥陀定印《あみだじょういん》を結んでいるように

見える。

『阿弥陀如来《あみだにょらい》か』空海の裡で、帝釈天が唸った。

「いかにも、我は阿弥陀如来なり」雲のかたちをなしている口が動き、声が聞こえてきた。その声音は衆生《しゅじょう》を救済するかのごとき慈愛に満ち溢れていた。

天から声がすると、十二神将は戦いをやめて空を見上げた。それぞれの顔にはありありと驚きが浮かんでいる。

「天部よりそなたらの戦いを見ていましたが、このままでは決着がつかないでしょう。そこで、ひとつの案を考えてきました」

『案とは？』空海の裡から帝釈天が尋ねた。

「帝釈天よ、そなたらの裏切りはけっして許されることではありませぬ。そのことを肝に銘じるのなら、話をして差し上げましょう」

『それは……相すまなかった』帝釈天は声を振り絞るようにして詫びた。

「よいでしょう。その言葉が聞ければ十分です」阿弥陀如来が、細い目をさらに細めて口角を上げげた。「我ら天部の神々は、二手に分かれた十二神将らの戦い振りを見て、およそ数年は決着がつかないだろうと判断しました。今からこの戦いを打ち切るために考えた案を伝えましょう」

「拝聴いたします」空海がいった。

「天部を裏切った十二神将の片割れと弁財天よ、よくお聞きなさい。そなたらは今をもって、十二神将の座から降りてもらいます。金輪際、十二神将を名乗ることはできません。ただし、この世に残り、人間の邪を祓い、善行に導くと約束するならば、命までは奪いません」

「十二神将を名乗れなくなるのであれば、向後はどのように名乗ればよいのでしょうか」空海が聞いた。

「そなたらには七福神となってもらいましょう。珊底羅は大黒天、頞儞羅は布袋、安底羅は恵比須、迷企羅は毘沙門天、伐折羅は寿老人《じゅろうじん》、宮毘羅は福禄寿《ふくろくじゅ》となり、そこに弁財天が加わることで七福神となります。善をなし、人々を導くことが天部への贖《あがな》いとなるでしょう」

『我も罰を受けるのか』帝釈天の声が聞こえた。

「帝釈天よ、そなたが直接天部に戻ることは許されません。まずは空海と合心したまま邪を浄化する使命を果たしてください。その後、空海の寿命が尽きたとき、神々の力で記憶を封じられ、新たな人間へと転生してもらいます。転生する者の名はまだ明かせませぬが、その者として生を全うすれば、天部へ戻れます。そのときに封じられていた記憶が戻ることになっています」

『ほう』帝釈天が空海の裡でいった。

「燕に転生した善如龍王、真牛、真筆、真飯に転生した十五童子の三人は、このまましばらく空海と旅を続けなさい。それぞれ人間としての生を全うしたのち、天部にて次の使命を伝えます」

燕が殊勝な口振りで「承知しました」というと、空海の弟子の三人もうなずいた。

「七福神、ですか」と、空海がつぶやいた。

『弁財天と十二神将の六人よ、天部を裏切り我の味方についてくれたことには感謝申し上げる。ただ、このまま戦いが続けば、体力も気力も極限まで消耗してしまうであろう。誠にすまないが、阿弥陀如来の案を呑んでもらえぬか』

「御意のままに」弁財天がきっぱりとした口調でいった。十二神将の六人も覚悟を決めたようで、黙ってうなずいた。

「話がまとまったようですね」阿弥陀如来は微笑した。

途端に阿弥陀如来のかたちをした雲が光を帯び、地上に光芒が降り注いだ。

光芒は、十二神将のうち地上に残る六人と弁財天を照らした。すると、珊底羅は大黒天、頞儞羅は布袋、安底羅は恵比須、迷企羅は毘沙門天、伐折羅は寿老人、宮毘羅は福禄寿へと姿を変えた。弁財天は姿かたちこそ変わらぬものの、険のある顔つきが柔和なものへと変貌を遂げていた。

「今日をもってそなたらは七福神です。天部の八大龍王が監視役となり、そなたらを見守ります。人々を導く方法は、各々が胸に手を当ててみればわかることでしょう」

その言葉を最後に、阿弥陀如来のかたちをしていた雲は風に吹かれて散り散りになった。

残った者どもは顔を見合わせた。誰もが困ったような笑顔を浮かべていた。

『ぬしらはどうするのじゃ』空海の裡の帝釈天が、七福神に尋ねた。

「ひとまずは山を下り、京へ行こう。そうして各々がやるべきことをなそうではないか」弁財天が答えた。

「そうですね。私たちも一度石淵寺に戻りましょう。準備ができたら、ふたたび邪を浄化する旅に出ましょう」

空海は空を見上げた。阿弥陀如来のかたちをしていた雲は跡形もなく消え去り、吸い込まれそうなほど青い天だけがそこにあった。


石淵寺に戻った空海らは、宿坊で寝泊りをして戦の疲れを癒した。

しばし修行を怠っていた空海は、経蔵《きょうぞう》に籠っては経典を渉猟《しょうりょう》し、山に分け入っては瞑想に励んだ。一日も早く邪を浄化する旅に出なければならない身だが、空海の裡に棲む帝釈天から咎《とが》められはしなかった。

ある日、皆で食事をしていると、勤操が話を切り出した。

「そういえば、最近、都の方から七福神の噂が聞こえてきますな」

「ほう、どんな話でしょうか」空海が聞いた。

「なんでも、それぞれが得意な領域で貧しい庶民の力になっているようです。大工として家を建てている者もいれば、学者として学問を教えている者もいると聞きました」

「七福神は、あの恰好のままでいるのでしょうか」

「いいえ、うまく人の姿に化けているようです」

「そうか、神であれば人に化けるなど朝飯前ですね」空海は感心した。

『空海よ、一度京へ足を運び、七福神を見に行ってみようではないか』空海の裡に棲む帝釈天は、興味津々のようであった。

「邪を滅する旅は急がずともよろしいのでしょうか」空海が尋ねた。

『前にも話したとおり、邪を浄化するには千二百年かかる。少し寄り道したところで、大勢に影響は出まい』

「それでは、明日にでも皆で出立《しゅったつ》しましょう。二日もあれば着くでしょう」

空海がそういうと、弟子の三人が目を輝かせた。

「都に行くなんて、心が躍りますね」燕の声もいつもより弾んでいた。

二日かけて都に着いた一行は、ゆっくりと歩きながら騒々しい都を見物した。

桓武天皇の命によって造営中の平安京には全国より雇夫《こふ》が徴集されており、彼方此方で普請《ふしん》に励む男たちの姿が見受けられた。

一行は左京に足を踏み入れ北に進んだ。四条大路《しじょうおおじ》以北になると、貴族の邸宅ばかりではなく、庶民の小屋《こいえ》が密集している区画もあった。

「この辺りは、主家に召し使える下働きの宿舎も軒を連ねています」

都に詳しい燕が長屋を指し示した。空海は宿舎を眺めた。二十丈《じょう》ほどあろうか、この宿舎に何人の者が寝泊りしているのかは不明だが、一人ひとりは窮屈な室で寝起きしているのだろうと想像した。

そうしてぶらぶらと歩いていると、建築中の小屋が多い区画にぶつかった。複数の人足《にんそく》が棟梁らしき人物の話を聞いているところであった。

「おめえたち、きびきび働けよ」

人足に発破をかけた棟梁は、ふくよかな顔に長い髭《ひげ》を蓄え、右手に小槌を持っていた。隣には、でっぷりとしたからだつきの男が笑顔でうなずいている。その容姿はどこか浮世離れしていた。

「もしかすると、大黒天さまと布袋さまではないでしょうか」空海が燕に耳打ちした。

「たしかに、よく似ています」燕が囁《ささや》いた。

「声をかけてみましょう」

空海はふたりの男のもとへ歩み出した。その途中でふたりは空海に気づき、はっとした表情を見せた。

「失礼ですが、もしや大黒天さまと布袋さまでしょうか」空海は率直に尋ねた。

「高野山で会った空海か。よく我らのことがわかったのう」大黒天が髭をしごいた。

『かっかっか。いくら人間に化けているとはいえ、その顔では正体は隠せぬわ』空海の裡の帝釈天がいった。

「おふたりはこちらで何をなさっているのですか」空海は大黒天の目を見た。

「人々を導くために何ができるかをようよう考え、それぞれが自分にできることをしようという話になったのじゃ。我は大工として災害に耐えられる頑丈な家々を建て、世に尽くしておる」大黒天が胸を張った。

「我は左官職人として、家屋の壁を塗り、塀をこしらえ、大黒天の補助をしておる。その技を庶民に伝えておるのじゃ」布袋が話を補った。

「ほかの神々は何をなさっているのですか」空海が聞いた。

「皆、それぞれ人々を導くために精を出しておる。恵比須は商売を、毘沙門天は武術を、寿老人は仏法を、福禄寿は学問を、弁財天は楽器や芸能を庶民に教えておる」大黒天が説明した。

「七福神は全員、都におられるのでしょうか」

「ああ。ある者は間借りしている寺子屋に、ある者は鴨川の河原に庶民を集めているはずじゃ。空海たちもせっかく都にいるのだから、皆に会ってみてはどうじゃ」布袋が笑顔を見せた。

「それはいいですね。どうです、皆で行ってみませんか」空海が燕と三人の弟子に問いかけると、全員が同意した。

一行は大黒天と布袋のもとをあとに、鴨川沿いの河原まで歩いた。河原は芝居小屋が立ち並び、活況を呈している。平安京には人々が集まる広場がないため、憩いの場として多くの庶民に親しまれていた。

「あそこに人が集まっていますね」

燕の指す方を見ると、人が車座になっているのが見えた。車座の輪はひとつではなく、やっていることもそれぞれ異なる。大抵の輪では、先生のような人物が車座になっている人々に話をしているようだったが、ひとりだけ、身振り手振りで体術を教えている者がいる。

「大黒天さまは、毘沙門天さまが人々に武術を教えているといっていましたね。あの者に話をしてみましょう」

空海は人の輪に近づき、体術を教えている者の顔をしげしげと眺めた。男の顔は精悍さに溢れ、胸板の厚いからだは戦うために生まれてきたようであった。この人物が毘沙門天であることは疑いようがなかった。体術の訓練が一区切りしたところで、空海は男に声をかけた。

「毘沙門天さまですね」空海が聞いた。

「いかにも、我は毘沙門天じゃ。ぬしは帝釈天と合心している空海じゃな」毘沙門天が答えた。

「毘沙門天さまは人々に何を教えているのですか」

「組討《くみうち》といって、素手で戦う方法じゃ。庶民が弓矢や太刀を持つことは難しいが、素手の戦いであれば武具はいらぬ。いざというときに戦う方法をおぼえておくことは、けっして無駄にはならぬ」毘沙門天は低く通る声で話した。

「ほかの神様も、それぞれ得意なことを人々に教えているのですね」

「そのとおりじゃ。今は河原で教室を開いているが、近々、寺院を間借りして其処を拠点にする予定じゃ。そうすれば、雨風も凌げるからのう」

「おや、空海ではないか」

そよ風のようにさわやかな声が聞こえた。声の主は弁財天であった。

「弁財天さま、教室は終えられたのですか」

「うむ、今日はもう仕舞いじゃ。これから七福神と教え子たちで都の掃除をする」

「教室のほかに、掃除もされているのですか」空海は驚いた。

「そうじゃ。都は公衆衛生の面ではお粗末じゃからのう。七福神の皆と話し合い、この世のためになることであれば何でもしようと決めたのじゃ」

「なるほど」

「それに、我らは贖《あがな》いを怠らぬよう八大龍王に監視されておる。七福神ひとりに対して八大龍王のひとりがつき、天部より千里眼にて見張られている。八大龍王はすべてをお見通しゆえ、怠惰にしていればすぐにばれる」

「そのようなご事情があったのですね」

空海にはひとつ気にかかることがあった。

「弁財天さま、ひとつ伺ってもよろしいでしょうか」

「何じゃ」

「八大龍王が八人であるのに対し、七福神は七人です。八大龍王のうち、おひとりは余ってしまいますね」

「そこが不可思議なのじゃ。我らは時折、天部にいる八大龍王の声を聞くことがあるのじゃが、今のところ、七福神の中で沙伽羅龍王の声を聞いた者はおらぬ」

「ふうむ」

空海は黙って考え込んだ。いったい、沙伽羅龍王は何を考えているのだろうか。

「まあ、考え込んでも仕方あるまい。どうじゃ、空海よ。ともに掃除に行ってみぬか」

「御同道いたします」

一行は弁財天を先頭に河原から都へ繰り出し、大黒天と布袋のもとへ向かった。ふたりはちょうど仕事を終えたところで、人足とともに一行に合流した。

一行はいくつかの団に分かれて掃除を行った。ある団は路傍に放置されている糞便や動物の死骸を片付け、ある団は側溝の汚泥を浚《さら》い、ある団は通りを箒《ほうき》で掃き清めた。掃除を済ませると、通りがかりの者たちから労いの言葉をかけられた。

「弁財天さま」空海が切り出す。

「どうした」弁財天が答える。

「私は七福神の神々が行う善行にいたく感銘を受けました」

「そうかね」

「この善行を全国に広めることはできないでしょうか」

「もう少し詳しく話を聞かせてみよ」

「七人の神が全国を行脚し、庶民に勉学を教え、各地の掃除を行うのです。ひとつの里《り》には一定の期間のみ滞在し、庶民の中から優秀な者を見つけ、七人の神の代わりを務められる程度まで教えを伝えたら、次の里へ移るのです。そのような行為を繰り返すことで、全国に七福神の教えを広められるのではないでしょうか」

「ふむ。さすが空海、面白いことを考える」

「世のため、人のためと考えるのであれば、平安京に留まらず、全国津々浦々に教えを広めた方がよいのではないでしょうか。私たちも御同道し、全国に散らばる八十八人の弟子と力を合わせ、仏法を説いていきたいと考えています」

「妙案じゃ。ただし、まずは平安京で暮らす庶民に教えを伝え、指南役となる後継者を育てねばならぬ。もう少し時間がかかるな」

「承知いたしました。ときが満ちるまでお待ちいたします」

　空海らが七福神と平安京を出立したのは、冬が終わりを告げ、鶯《うぐいす》が鳴き始めた頃だった。

　一行は畿内五国を初手に七道を回った。七福神は教育と掃除を根づかせ、空海は仏法を広めていった。そうすることで、庶民はよりよく生きる術を体得し、心に巣食う邪を浄化させた。こうして倭国の隅々に至るまで治安が保たれるようになり、朝廷は安泰となった。

全国行脚に数年を費やした七福神は、桓武天皇にその能力を認められ、側近として仕えることとなった。

空海と燕、そして弟子の三人は石淵寺に戻った。空海と三人の弟子は修行に打ち込み、燕は寺の手伝いをして日を経た。

乳白色の霧が立ち込める朝であった。空海は三人の弟子に境内の掃除と写経を命じ、ひとり寺を出た。久方ぶりの山林修行をするつもりであった。

空海は山道に分け入った。霧は晴れず、進めば進むほど濃くなっていった。視界の利かぬまま、一歩、また一歩とゆっくりと山を登った。

そのうち足元も見えなくなり、空海は木の根につまずいた。身はよろけたものの転倒せずに持ちこたえ、息を吐いた。

立ち止まり、四方を見渡した。からだは霧に包まれ、どこに何があるのか見当もつかない。

そのとき、眼前にひらひらと舞う蝶が見えた。蝶は無軌道に動いたのち、空海の鼻先に止まった。漆黒の翅《はね》に白と黄の斑点が見て取れた。

蝶は空海の鼻先で疲れを癒したのか、ふたたび飛び立った。霧の中で黒い蝶だけがくっきりと浮かび上がっている。そのうち、どこからか別の蝶が姿を見せた。こちらの蝶は黄色の翅に黒の縞模様が入っている。空海は蝶に誘われるように、右に左に舞う二匹の蝶のあとを追った。

どこを歩いているのか、どれくらい歩いたのか――。まるで判断がつかなくなった頃、二匹の蝶は空海の眼前を旋回し、黒蝶《こくちょう》は左肩に、黄蝶《きちょう》は右肩に止まった。

その瞬間、山を覆っていた霧が晴れて視界が開けた。空海の周囲は色鮮やかな花が咲き乱れ、甘い香りが漂っている。山林修行で幾度も山中に分け入ったことのある空海だが、これほどまでに甘美なる光景を目にしたことはなかった。

狐につままれたような心持ちで呆然としていると、左肩に止まっていた黒蝶がひらひらと舞い始めた。黒蝶は空海のからだを一回りして目の前に戻ると、蛍のように明滅し始めた。光は徐々にまぶしさを増し、空海のからだを照らした。

『もうよかろう、沙伽羅龍王よ』空海の裡に棲む帝釈天が悪戯を咎めるような口調でいった。

「ふん、気づいておったか」黒蝶から声が聞こえた。

『八大龍王が七福神一人ひとりの監視役をしていることは聞いたが、ぬしだけが姿を現さぬという話を聞いておるぞ。急にこの世に降り立つとは、どういう風の吹き回しじゃ』

「帝釈天よ、この黄蝶が誰だかわかるか」

『吉祥天《きっしょう》じゃろう』帝釈天がいった。

「蝶に化けていてもすぐに見抜けるとは、さすが帝釈天じゃ。じつはこの吉祥天、天部の神々の取り決めにより、蝦夷より北の海を渡った場所にある大陸、つまりは北の聖地の守り神になったのじゃ」

『ほう』帝釈天が相槌を打った。

「そこでお目つけ役を命じられたのがこの沙伽羅龍王よ。我ら八大龍王は、七福神と吉祥天がこの世に平穏をもたらすための活躍を見守ることとなったのじゃ。千里眼を使えば天部から地上のようすを眺められるのじゃが、初めて北の聖地を訪れるまでは吉祥天に同道しようと思い、地上に降り立ったというわけじゃ。北の聖地まで吉祥天につき添ったら、すぐに天部に戻る」

『そうであったか。しかし、話はそれだけではあるまい』

「なぜそう思う」

『直観じゃ』

「……そなたには敵わぬ」黒蝶に化けている沙伽羅龍王がため息をついた。

『よくない知らせじゃろう』

「まずは帝釈天よ、そなたにいいたいことがある」

『何じゃ』

「今後のそなたの処し方が決まった。阿弥陀如来より話を聞いていると思うが、ぬしは空海の寿命が尽きたとき、別の人間に転生することになっておる。その人間は平将門という武将で、空海の肉体が滅してから五十余年が過ぎた頃、この世に生を受ける。ぬしは帝釈天としての記憶を封印されたまま平将門として生き、邪を浄化し、龍の暗号をこの世に残すため生きる。そして、天寿を全うしたそのとき、ようやく天部に戻ることができるのじゃ」

『平将門、か。よくおぼえておこう。しかし、随分と長い間、地上に留まらねばならぬようじゃな……』帝釈天の声はもの悲しく響いた。

「もうひとつは、燕に転生している善如龍王の話じゃ。善如龍王は、燕としての生を全うしたのち、平将門の娘である皐姫《さつきひめ》として人生を歩む。この皐姫の命が尽きたとき、善如龍王は天部に戻れる。帝釈天よ、この話、そなたから善如龍王にうまく伝えてもらえぬか」

『お安い御用じゃ』帝釈天が答えた。

「三邪神が地上に放たれたあの日、そなたと弁財天が地上に行くのを許したのは我じゃ。それなのに、強硬派の神々に意見を押し切られてそなたらを守れなかった。負担を強いてしまい、誠にすまない」沙伽羅龍王は真摯な声音で謝罪の言葉をのべた。

『何、気にするな。空海との旅はなかなかに乙なものじゃ』空海の裡の帝釈天は、沙伽羅龍王を落ち込ませまいとしたのか、努めて明るい声で返事をした。

「それでは、我と吉祥天は北の聖地へと向かう。さらばじゃ」

沙伽羅龍王が言葉を発すると、二匹の蝶は目を閉じねばならぬほど強く光り、すぐに姿を消した。空海は思わず目を閉じた。

閉じた目を開けると、咲き乱れていた花はいつの間にか消え去り、見慣れた場所に立ち尽くしていた。石淵寺の境内であった。

「空海さま、お帰りになったのですね」燕が姿を見せた。

『燕、そして善如龍王よ、話がある』空の裡に棲む帝釈天は、沙伽羅龍王から聞いた話をそっくりそのまま善如龍王に伝えた。善如龍王も燕も話の呑み込みが早く、すぐに心得たようであった。


その晩、空海は寝床に入っても中々寝つけなかった。

神々の壮大な話に驚いたわけではない。空海が考えていたのは、天命についてであった。


帝釈天は、空海の寿命が尽き、五十余年が過ぎたのちに平将門なる人物に転生し、その後、天部に戻るという。その間、天変地異が起ころうとも、空海は墓の下で眠っている。

空海だけではなく、燕も、真牛も、真筆も、真飯も、勤操も、いずれは果てる運命にある。命を失った雀の蘇生があり得ぬように、人は寿命が尽きればこの世から消滅する。

空海は現世《うつしよ》の無常を噛みしめた。

『空海よ、ぬしは葛藤しておるようじゃな』心の裡から帝釈天の声が聞こえてきた。

「人の世の儚さに思いを馳せていたら、眠れなくなってしまいました」空海は素直に思いを吐露した。

『生者必滅《しょうじゃひつめつ》、諸行無常《しょぎょうむじょう》か』

「死後の世界、時空を超越した無限の世界に存在する真理を、無常の生に探し当てることこそが仏道なのでしょうか」

『空海よ、ぬしはまだ若い。修行を続ければ、いずれ道は見つかるはずじゃ』

「そうでしょうか」

帝釈天は答えなかった。これ以上、空海と会話を交わす気はないようだ。

この世は色やかたちを意味する色《しき》、音や言の葉《ことのは》を表す声《しょう》、香りを示す香《こう》、味を指す味《み》、からだが感知する感覚全般に通じる触《そく》、意識の一切合切を表現する法《ほう》の六塵《ろくじん》からなる迷いの海である。この大海で、涅槃《ねはん》の四徳《よんとく》である常楽我浄《じょうらくがじょう》を備えたときこそ、進むべき道が見えるかもしれぬ——。

そう考えると、空海の心は熱く燃え盛りながらも、一方でしんと静まり返っていくのであった。

第五章 農民のために蜂起した平将門と皐姫

水田に映える青々とした苗が目にまぶしい。

坂東平野《ばんどうへいや》は見渡す限りの田園風景が広がっている。数里先に見える筑波山も、新緑をまとい美しく輝いている。

小次郎は、父である平良将《たいらのよしもち》の兄であり、常陸国《ひたちのくに》の石田に居を構える平国香《たいらのくにか》の屋敷に数日滞在し、その息子である太郎と日がな一日遊んでいた。

この日は朝から太郎と乗馬の腕を競った。

下総国《しもうさのくに》の豊田で生まれ育った小次郎は、仲間とともに野山を駆け巡るのが日課だった。弓矢の腕を競うこともあれば、魚釣りを楽しむこともあった。中でも小次郎が得意とするのは乗馬だった。

小次郎は太郎に先んじて坂東平野を疾駆した。水田の広がる坂東平野を眺めながら風を切って走るのは、自分が解放されていくようで心地よかった。

ふと気づいて振り返ると、後方の太郎は豆粒ほどに見える。小次郎は手綱を引き締めて走る馬の脚を止めた。しばらくすると太郎が小次郎のもとに追いつき、悔しそうな表情を見せた。

「乗馬では俺の負けだ。小次郎よ、ここからはゆっくり走ってくれ」

太郎にそういわれた小次郎は、太郎と並び立ってゆるりと馬を走らせた。小次郎は鬼王丸《きおうまる》という別称を持っていたが、普段は小次郎と呼ばれていた。

「まったく、体を動かすことではお前に敵わぬ」

「お前は機転がよく利くが、からだくらいは鍛えておかないとな」

「口の減らぬやつだ」太郎は笑った。「それにしても今日は暑いな。少し休まないか」

「うむ、そうしよう」

小次郎は太郎の後をついて馬を走らせた。小次郎は雄大な自然を誇る坂東の景色が好きだった。田植えを終えたばかりの水田は、秋になれば豊かに稲が実り、山々は紅葉で色づいていく。そして、四季の移り変わりを感じつつ、自然の恵みである作物を糧とする暮らしをこよなく愛していた。

ふたりはある神社に到着すると、どっしりと根を張っている駒つなぎの欅《けやき》に馬の手綱を結び、木陰に腰かけた。

「都にのぼる日が待ち遠しいなあ」

太郎が声を弾ませた。

ふたりは元服の式を済ませてから上洛する予定であった。

「都はさぞ華やかに違いあるまい。胸が躍るわ」

都暮らしに思いを馳せる太郎とは異なり、小次郎はまったく気が進まなかった。

「俺は都に行かず、ずっと坂東で暮らしたい」小次郎が本音を漏らした。

「なぜだ。主君に仕え出世したいとは思わないのか」

「思わん。米や野菜を育て、鉄をつくり、仲間とともに暮らす以外、望むものは何もない」

「お前は欲がないなあ」太郎は呆れたような表情を見せた。

「そもそも、人でごった返す場所が好きではないのだ。できることなら京へのぼらず、このまま坂東に留まりたいものだ」

「公子がいるからか」

公子とは、伯父のひとりである平良兼《たいらのよしかね》の娘である。小次郎はひそかに公子へ思いを寄せていた。「小次郎よ、頬が赤くなっていないか」

「うるさい」小次郎は太郎の言葉をはねつけた。図星だった。

「俺は薫物《たきもの》をしているような都の女に憧れるがなあ。お前の気持ちがわからんよ」

「俺もお前の気持ちがわからん」

ふたりは顔を見合わせ、噴き出した。ここまで進みたい道が異なるにもかかわらず、なぜこうも気が合うのか。小次郎にはその理由がまったくわからなかった。

「今日、豊田へ帰るのだな」

「ああ。そろそろ豊田が恋しくなってきた」

「今度は俺が遊びに行こう」

「ぜひ来てくれ」

ふたりは腰を上げ、平国香の屋敷へ戻った。

「もう一晩泊まっていかぬか」

太郎から名残惜しそうに声をかけられたが、小次郎の気持ちは変わらなかった。伯父である平国香の横柄な立ち居振る舞いがそろそろ鼻につき始めていた。

豊田の屋敷に到着したのは夜更けだった。

坂東平野をひたすらに歩いた太郎は、さすがに疲れていた。すぐに寝室へ行き、床についた。

小次郎はすぐに寝入った。意識が途切れ、深い眠りの世界へ誘われた。

ふと気づくと、小次郎は坂東平野にぽつねんと立たされていた。小次郎の足は意思を伴わず勝手に動き出し、呼ばれるように森の方へと進んでいった。

これは夢なのだろうか。意識は覚醒しているが、からだの動きを制御しているのは自分ではない。

いつしか小次郎は森の奥深い場所にある祠《ほこら》の前に立っていた。

「小次郎よ、よくぞここまで来た」

祠から威厳のある声が聞こえてきた。その瞬間、閃光が走り、一陣の風が吹いた。

小次郎の目の前には、右手に金剛杵を持つ神々しい者が立っていた。いや、立っていたというのは正確ではない。その者の足は地についておらず、宙に浮いている。からだは淡い光に包まれており、この世の者とは思えなかった。

「あなたは誰ですか」

「我は帝釈天なり。ぬしは我の転生した姿じゃ」

帝釈天は神妙な顔つきを見せた。

「転生？」

「難しく考えなくてよい。ひとまず我の話を聞け」帝釈天は神妙な顔つきを見せた。

「ぬしにはこの世を正しい道へ導く使命が与えられておる。これからぬしには、いくつかの試練が与えられる。物事をなすとき、もしいくつかの道が示されたなら、ぬしは利他の心を持って人々を救済するための道を選ばなければならん。貴族の心に邪が巣食っておるなら、打ち倒す必要もある。もうひとつ、三種の神器と玄天経典《こくてんきょうてん》を守り、次代へとつなぐ役割もある。ぬしの今生において三種の神器と玄天経典を使うことはないが、先々の未来において倭国を守るため、子孫へと受け渡さなければならぬ。ぬしは、今生のうちに各地の寺院に隠されておる三種の神器を探さねばならない。その場所へは、神が導いてくれるじゃろう。玄天経典は我が手配しておくので心配するな」

小次郎は夢うつつのまま帝釈天の話を聞いていた。あまりにも内容が壮大だったため、思考が追いつかなかった。

「ここまでの話は理解できたか」

「はあ」

小次郎は曖昧に返事をした。自分でもわかったのか、わからないのか、まるで判断がつかない。

「目が覚めたとき、我とぬしが出会った記憶は消え去っておるが、必要な内容は頭の片隅に残しておく。それでは、頼んだぞ」

その言葉を最後に帝釈天は消え、祠の周囲は静寂に包まれた。

小次郎ははたと目を覚ました。夜明け前だった。

いつもとは異なる不思議な感覚がした。まるで生まれ変わったようであった。

何やら大層な夢を見た気がするが、内容はさっぱり思い出せない。おぼえているのは、三種の神器と玄天経典とやらを探さねばならぬことだけだ。

ふと枕元を見ると、何かが置かれている。巻物のようである。

「これが玄天経典か……」

自らの口から不意に出た言葉に小次郎は驚いた。一方で、この経典が宝物《ほうもつ》であると直観で理解した。

京で藤原忠平に仕えていた平小次郎将門《たいらのこじろうまさかど》のもとに、父である良将の訃報が届いた。将門が上洛《じょうらく》して十数年経っていたが、未だ無位無官のままであった。そもそも、幼なじみである平太郎貞盛《たいらのたろうさだもり》の勧めで京に出てきた将門は、大志もなく、出世に興味がない。官職を得るために汲々と働く気にもならず、賄賂が横行する貴族の世界に嫌気が差していた。不当に年貢を取り立てる朝廷には怒りさえ感じていた。

「坂東へ帰ろう」

将門はひとりつぶやいた。土の香りや馬のいななきが懐かしかった。

身の振り方を決した将門はいても立ってもいられず、その日のうちに京をあとにした。

下総に帰る前に、なぜかわからぬが寺院を巡りたいという衝動に駆られた。時間は十分にあった。

将門は気の向くままに全国を回った。ひとつ目に訪れた寺院の境内で、見たこともないような輝きを放つ剣を見つけた。将門はその剣が宝物であると直観した。続いて訪れた寺では鏡を、その次に訪れた寺では勾玉を手に入れた。その瞬間、気持ちがすっと落ち着いた。三種の神器をすべて手に入れた確信があった。そこで寺院巡りを終えた。

故郷に戻ると、母や兄弟に大いに歓迎された。官位につけず下総へ帰国した将門は、当初こそ腫れもののように扱われていたが、父の残した領地の紛擾《ふんじょう》の解決や野良仕事に精を出しているうちに、無駄に気遣われなくなっていった。

坂東に戻った将門は常に僧衣をまとい、農民たちとともに野良仕事に勤しんだ。日の光を一身に受け、鍬《くわ》を持って畑を耕す日々を送っていると、身も心も晴れやかになっていくのがわかった。

ある日、水汲みをしていると、ひとりの農民がそばに近寄ってきた。

「御館《おやかた》さまに野良仕事をさせるのは申し訳ねえだ。どうか儂らに任せてくろ」

農民はおずおずと切り出してきた。将門は農民から信頼を置かれており、御館さまの呼称で親しまれていた。

「何をいうか。お前らのおかげで俺たちは暮らしていけるのだ。俺はお前らとともにある。ともに汗を流して野良仕事をするのは当然だ」

「まったく、御館さまはたいしたお人だよ」農民は感心しきりだった。

将門は土や水に触れているとき、生きている実感をおぼえた。農民たちと野良仕事に励み、労働の愉悦と労苦を味わい、坂東平野に吹き渡る風を受けながら生きる歓びを感じた。

ただし、農業はけっして順風満帆ではない。ときに田畑は自然の災いによって打撃を受けた。すると将門は、谷戸田《やとだ》や焼き畑の開墾を奨励した。そして、新たに切り拓いた田に関しては、数年にわたり年貢を取り立てぬことを宣言した。

将門は農民から頼られ、数々の仕事をするようになった。

そのひとつが、牧の仕事であった。下総には官牧《かんぼく》があり、朝廷の馬を預かり増やし、五、六歳まで生育したところで貢馬《こうば》をする義務があった。貢馬で納めた馬以外は、戦や移動、あるいは献上品として役立った。また、野馬追《のまおい》の先導役も受け持った。幼い頃から馬に慣れ親しんでいる将門にとって、楽しみの多い仕事であった。

もうひとつが鉄づくりである。豊田では農閑期になると、川沿いにある炉で製鉄を行っていた。川で採取した砂鉄を粉状の墨と混ぜて丸め、炉に入れて三日間ほど燃やし続けると、炉の底に溶けた鉄が沈み塊《かたまり》となる。その塊を取り出し、水で冷やすと鉄が完成する。鉄は武具のみならず、魚を捕まえる漁具や馬の轡《くつわ》や鐙《あぶみ》といった馬具の原料としても使われた。

こうした仕事の取りまとめをしながら、その傍らで苦心するのは領地の問題であった。将門は、伯父である良兼と父の遺領の配分で折り合いがつかず、されどその娘である公子と逢引するたびに思いは募り、悩ましい日々を過ごしていた。

あるとき、将門は領地の問題も解決せぬまま、思いに任せて上総国《かずさのくに》にある良兼の館宛てに公子を娶《めと》りたいとしたためた文を送った。

数日後、良兼から返事が届いた。

良兼の文には、都で官職に就けないまま坂東へ舞い戻った将門を婿に取るつもりはない、という旨がつづられていた。その後も将門は何度も文をしたためたが、色よい返答はもらえなかった。

将門は良兼の説得を諦め、頭を切り替えて領地の問題について切り出した。その文の内容は、こうであった。

「近頃、源護《みなもとのまもる》さまに仕える農民が、他所の領地へ入り込んでいるという噂を耳にします。実際に、私のもとへ救いを求める農民が相談に来ております。良兼の伯父上も、国香の伯父上も、源護さまの令嬢を娶った身。どうか、源護さまに他所の領地へ侵犯せぬようかけ合ってくださいませ」

良兼の返答は「おぼえておこう」という素っ気ないものであった。

将門は公子を娶る方法を考えながら日々を過ごした。公子への思いを募らせるあまり、眠れぬ夜もあった。公子のいない人生は考えられなかった。そして将門は、ついに公子を豊田の家に迎え入れると決意した。良兼の面子を潰すのは明らかだったが、自らの思いに素直に生きるべきだと判断した。

ある夜、寝入っていた将門のからだを揺する者があった。

「将門さま」

意識を現実に引き戻された将門の目の前には、ひとりの伴類がいた。

「何かあったのか」

「じつは、下総国と上総国の境を夜回りしていた者が人影を発見したのですが、その方が公子さまだったのです。将門さまにお会いするために家を出たようです。いま、別室で待機していただいております」

将門は急いで起き上がり、別室へ急いだ。そこにはやつれた公子の姿があった。将門は公子の思いに打たれ、結婚してこの家でともに暮らそうと語りかけた。

この噂はすぐに広まり、激高した良兼は幾度となく抗議の文を送ってきたが、将門はことごとく無視を決め込んだ。

「将門さま、私は父と縁を切る覚悟で豊田に参りました。父のいうことを聞く必要はありません」

良兼から文が届くたび、公子はそういった。そうはいわれても、公子に苦労をかける辛さは胸に重く伸しかかっていた。

そんな折、将門のもとに常陸国に領地を持つ平真樹《たいらのまき》が訪れた。真樹は領地を隣接する護との諍《いさか》いが絶えず悩みを深めていた。以前、良兼に護とかけ合ってくれるよう頼んだが、動いたという噂は聞かない。将門は二者の間を取り持つべく、護に面会を求める文を出した。返事はすぐに届いた。真樹との領地の境界についてはもちろん、良将の遺領についても話し合いをするゆえ、国香、良兼、そして平良正《たいらのよしまさ》も護の居館に集まると記されている。

将門は一行を引き連れ、護の住む常陸国へ向かった。野本の山道に差しかかったところで、将門は人の気配を感じた。茫漠とした不安が胸に去来する。

「皆よ、気を引き締めろ」

一行にそういったと思った途端、木陰から馬に乗った者たちが飛び出してきた。

「待ち伏せだ！」将門は大声を出した。

将門は敵陣に目を凝らした。その中に、見おぼえのある者がいた。護の子、源扶《みなもとのたすく》であった。

「源家とて怯《ひる》むな」将門は事態を飲み込み、伴類に発破をかけた。

将門の一行は巧みな馬術で敵に攻め入り、次々と源家の兵を討ち取っていった。将門が鬼神のごとき活躍で敵を怯えさせると、扶の一行は退却した。

「伯父上たちも敵ということか。許せぬ」

将門のはらわたは煮えくり返った。

一行は豊田に戻って体制を整えたのち、ふたたび常陸国へ向かった。そして護の居館を襲って焼き払い、扶とその兄弟である隆《たかし》、茂《しげる》の命を奪った。国香の領地にも攻め入り、一帯を焼き払い、国香その人を横死《おうし》させた。さらに、川曲村《かわわむら》の戦では良正を破った。

将門は護、良兼、良正と互角に対峙するため、軍備の強化が急務となった。太刀の原料となる鉄をつくるため、炉の数を増やした。農民は将門に絶大な信頼を置き、怠けることなく仕事に精を出した。

そうしている間に、将門が農民を救うために国香らを討ち取ったという噂が坂東一帯を駆け巡り、「御館さまのもとで働きたい」と、多くの農民が他所から豊田に移ってきた。将門はそのような農民を快く受け入れ、土地を分け与え、皆が幸せに暮らせるよう計らった。そして、無謀な方法で年貢を取り立てようとする国司から守った。

その頃、国香を父に持つ貞盛より文が届いた。

そこには、自分は国香の息子であり、源護と遠戚であるものの、弔い合戦をするつもりはない。父と死別した母を養い、父の遺領を管理しつつ、官途で道を開くつもりである。将門とは和を結びうまくやっていきたい——と、書かれていた。幼なじみから届いた文に将門は安堵した。

その後、将門は下総国と下野国《しもつけのくに》の国境付近で良兼の軍勢を破った。将門は下野の国府に逃げ込んだ良兼を追い込んだが、公子の父として情けをかけ、命は奪わなかった。しかし、貞盛が良兼の軍勢に寝返ったと知り、貞盛の真意がわからず疑心暗鬼に陥った。

悪い報せは続く。将門のもとに京より官符《かんぷ》が届いた。護によって、都に対し謀反を起こそうとしていると訴えられたためだった。

将門は気の進まぬまま、弁明のため上洛した。官符の内容とは異なるが、不当な年貢の取り立てに対する抗議の気持ちを込め、野良仕事で着ている襤褸《ぼろ》の僧衣を身にまとっていた。

護の訴えを吟味するのは、かつて仕えた藤原忠平であった。将門は護の訴えについて弁明し、援助を乞うた。

その懇願は藤原忠平に届いたようであった。検非違使所《けびいしじょ》の尋問においては、将門は不利な立場であるにもかかわらず、その判決は微罪に留まった。

しかし、すぐに帰国は許されず、将門は半年あまりを都で過ごした。

ある晩、将門は各地方から集まった国司の集う宴会に誘われた。国司の連中と酒を酌み交わすなど気が進むものではなかったが、機を見て農民に対する不当な取り立てに抗議する腹づもりであった。将門は襤褸の僧衣を脱ぎ、農民たちが持たせてくれた狩衣《かりぎぬ》に袖を通して宴席へ向かった。

「御館さまが都でみすぼらしい恰好をしていては忍びねえ」

農民たちは口々にそういってくれた。野良仕事の合間を縫ってつくってくれた狩衣《かりぎぬ》は、仕立てこそけっしてよいものではなかったが、坂東に根差す農民たちの心が籠っていた。

宴席には御馳走が山のように並んでいた。将門は多くの農民が貧困に喘ぎ、飢えで死んでいくなか、国司が贅沢三昧をしている現実を目の当たりにして怒りが込み上げてきた。貧しい人々から収奪し、豊かな者がさらに富んでいくという構造、こんな非道を許すことはできなかった。

将門は料理や酒には手をつけず、黙って国司らを睨みつけた。そんな将門に気づいた国司のひとりが言葉を投げかけてきた。

「将門公は農民たちと一緒に畑仕事をしているそうですが、本当に物好きですな。そなたは仮にも桓武天皇の皇胤《こういん》である高貴な御身分の御方。汚い泥仕事は農民どもにやらせておけばよろしいのではないか」

「汚い泥仕事とはどういう意味か」将門は膝の上で拳を握りしめた。「その泥仕事のおかげで、貴様らは飯が食えているのではないか」

「まあまあ」別の国司が取りなした。「将門公のおっしゃるとおり、農民たちのおかげで飯が食えていることはたしかです。とはいえ、将門公がともに仕事をする必要はないのではありませんか。それに、その狩衣は仕立てがよろしくない。このような宴席の場にふさわしくありませんな」

国司の取り澄ました声に、将門は怒りを禁じえなかった。

「たしかに、貴様ら国司と比べたらみすぼらしい狩衣だ。しかし、この狩衣は豊田の農民たちが心を込めてつくってくれたもの。物の価値は、見た目だけではわからぬものだ。そなたたちには理解できぬだろうが、私にとってはどれほど上質の絹にも備わっていない、黄金《こがね》と同等の価値があるのだ」

将門は立ち上がった。

「俗世で我欲にまみれた貴様らの目には、この狩衣の価値はわかりますまい」

将門は捨て台詞を吐いて宴席をあとにした。不快な思いの残る酒席だった。

その後、将門は朱雀天皇《すざくてんのう》元服の恩赦によって罪を許され、晴れて下総への帰国の途に就いた。

その年の夏、良兼の軍勢はこりずに将門の領地である豊田に攻め入ってきた。

良兼は将門の父である良将と祖父である平高望《たいらのたかもち》の霊像を掲げていた。将門は良兼の奇策に動揺し、豊田郡栗栖院常羽《くるすのいんいくは》の御厩《みうまや》を焼き払われ、豊田の地を荒らされてしまった。どさくさにまぎれ、妻の公子の命も奪われた。

将門は悲しみに暮れたまま、後方の営所《えいしょ》に退いて軍力を立て直し、反撃の機会を窺った。その折、将門は急病を発した。脚気《かっけ》であった。将門の軍勢は士気が上がらないまま、良兼と一進一退の攻防を続けた。

秋が来た。収穫の季節だ。この年は干ばつの影響により米が例年の半分も取れず、農民は雑草や木の皮まで食べて糊口を凌ぐありさまだった。それでも、国司たちは容赦なく年貢を取り立てる。多くの農民が飢えに耐えられず命を落とした。

将門の怒りは沸点に達していた。

将門は、長女である皐姫《さつきひめ》に、国司の穀物倉に入り込んで作物を盗んでくるよう命じた。皐姫は生まれたときから不思議な力、善女龍王の虹の法力を備えており、盗みなど朝飯前だった。

皐姫は盗み出した作物を農民に分け与えた。ところが、その作物を食べた農民は途端に口から泡を吹いて絶命した。

不審に思った将門が、盗んだ米を舐めてみると、強い苦みとともにからだが痺れるような感覚をおぼえた。

「国司どもめ、作物に毒を盛っていたようだ。それほど農民を苦しめたいのか」

将門は農民の亡骸を丁重に弔い、涙をこぼした。

思い出すのは、野山を駆け回っていた少年時代のある日、枕元に置かれていた玄天経典の教えであった。そこには、弱き者のために命を賭して戦うべしと書かれてあった。

将門は農民のための国づくりをするべく、蜂起する決意を固めた。

まずは、鬼王寺《きおうでら》で皐姫をはじめとする三人の娘に三種の神器と玄天経典を託し、信頼の置ける伯父、村岡五郎良文《むらおかごろうよしふみ》に預けた。そして将門は、今後の指針をしたためた文を皐姫に渡した。数奇な運命を生きることとなった皐姫だが、その顔に悲壮感はなかった。将門は皐姫の頼もしさに安堵した。

蜂起の前に、貞盛が都へ逃げ出したという一報を受けた。将門は貞盛を追撃したが、あと一歩のところで取り逃してしまった。風の便りによると、貞盛は藤原忠平に将門追討の官符の発行を懇願したという。

この時期、隣国である武蔵国《むさしのくに》に、新任の権守《ごんのかみ》が着任した。名を興世王《おきよおう》といった。興世王は武蔵介の源経基《みなもとのつねもと》と手を組み、非情な年貢の取り立てや掠奪《りゃくだつ》を繰り返し行っているという噂だった。

ほとほと困り果てた武蔵国の郡司である武芝に頼まれ、将門は両者の和解に乗り出した。将門が坂東のならわしを滾々《こんこん》と説くと、興世王は将門の話を受け入れ、武芝との和解を明言した。しかし、経基はそれを謀反と捉え、貞盛同様、藤原忠平に密告した。

これを受け、将門は坂東五カ国の解文《げぶみ》を添え、経基の訴えが誤りであると伝えた。藤原忠平は解決策として、武蔵守《むさしのかみ》に百済貞連《くだらのさだつれ》、常陸介《ひたちのすけ》に藤原維幾《ふじわらのこれちか》を任命した。

しかし、この采配は裏目に出た。百済貞連は興世王とそりが合わなかった。また、維幾は常陸国で横領に明け暮れていた藤原玄明《ふじわらのはるあき》を厳しく指導した。両国に不穏な空気が満ちていった。

興世王と玄明は、時期を違えて将門に庇護を求めた。両者ともいわくつきの人物であるが、将門はこのふたりを庇った。

将門は蜂起した。興世王、玄明と手を組み、貞盛を仲間に引き入れた維幾を襲った。結果、貞盛こそ逃してしまったものの、維幾を破った。常陸国を手にしたのである。

蜂起の理由は農民の救済である。ここで申し開きをすれば、藤原忠平が庇護してくれるだろうと想像できた。だが、将門はここで止まるつもりはなかった。

「一国を手中に収めたからには、あとには退けませぬ。帝の血筋につながる者として、坂東を手中に収めてはいかがですかな」

そういったのは興世王であった。興世王の言葉を聞くまでもなく、将門は坂東諸国に攻め入るつもりであった。

将門は常陸国に続き、下野国、上野国《こうずけのくに》と、坂東諸国の国府を手中に収めていった。そして将門は、ある巫女の神託を受けて、第六天魔王の命により新皇《しんのう》を名乗り始めた。

将門の動きに目を光らせていたのが、下野国で国司を務める藤原秀郷《ふじわらのひでさと》だった。秀郷は、除目《じもく》まで行った将門を追討するべく、貞盛、藤原為憲《ふじわらのためのり》と手を結んだ。

貞盛と為憲が秀郷の居館に呼ばれたその日、将門はふたりが帰っていくのを見計らい、秀郷の館の庭に足を踏み入れ、巨木に身を隠した。日が暮れると、秀郷は縁側でひとり酒を飲み始めた。将門は息をひそめ、機を窺った。

「誰じゃ」

不意に秀郷が声を上げた。将門の気配に気づいたようであった。

将門は観念して秀郷の前に姿を現した。

「そなたか。どうじゃ、一杯」

秀郷はそういってなみなみと酒の注がれた杯を差し出した。将門は縁側に上がり、杯を手にして一息で飲み干した。

「久しぶりじゃのう」秀郷がいった。

「ああ、久しぶりだ」

将門と秀郷は旧知の関係にある。ともに力自慢であり、豪放磊落な性分で気が合った。

「俺もここまでだな」将門はさっぱりとした顔で微笑んだ。

「詳しく話してみろ」

「お前に睨まれたのなら、朝廷も出方を変えるであろう」

「むう」秀郷は唸った。

「俺の本懐は農民の救済だ。農民が平和に暮らしていけるようになるのなら、戦に負けてもかまわん」

「農民の幸せを願う気持ちは儂も一緒じゃ」

「そなたに頼みがある」

「何じゃ」

「いずれ我が軍は劣勢になるだろう。そのとき、そなたが俺の首を刎ね、都へ運んで褒美を得てくれ。その褒美を農民に配ってほしい。俺がいなくなったあとも、坂東諸国の農民が安心して暮らせるように動いてほしいのだ」

「なんと。そなたは、そこまで考えておるのか」

秀郷は絶句した。そして、将門の器の大きさに驚きを隠せないようだった。

「そなたの頼み、しかと聞き入れよう」

「もうひとつある。俺は伯父の村岡五郎良文どのに三人の娘を預け、宝物を託している。村岡どのと力を合わせ、娘と宝物の庇護を頼みたい」

「儂が裏切り、娘たちを殺すとは考えんのか」

「秀郷どのがひとかどの人物であることは重々承知している。だからこそここへ来たのだ」

「そこまでいわれたのなら引き受けねばなるまい」秀郷はうなずいた。「しかし、命が惜しくないのか。農民を守るには、別の方法もあるのではないか」

「時代に変革を起こすには、ときに劇薬が必要だ。農民が謀反を起こすと知れば、朝廷も無茶な年貢の取り立てを控えるようになるだろう。それに、たとえ首を刎ねられても死ぬとはいっておらんぞ」

「それは、ど、どういうことじゃ」

「つまりはこうだ――」

将門は今後の計略をすべて話した。秀郷は目を丸くするばかりだった。

「……そのようなことが本当にできるのか」

「心配は無用。俺には八部衆という忍者がついている。俺が手にした玄天経典という書によれば、そうするように書かれている。実現できるようなのだ」

「にわかに信じられんが、そなたの話であれば真実なのじゃろう」

「それと、俺は仲間の犠牲者を最小限に食い止めたい。手前味噌だが、俺は仲間からの信頼が厚い。俺が戦をするといえば、やつらは命を惜しまずに必ずついてくる。そこで相談だ。戦は田起こしの時期にしてほしい。仲間の大半は農民だ。戦でなく野良仕事に精を出せといえば、きっということを聞くだろう。わが軍が寡兵《かへい》であればあるほど被害が少なくなる。どうか田起こしの時期まで待ってくれぬか」

「承知した。儂も無駄な殺生は好かん」

「戦の場所はどうする」

「どうするとは？」

「できれば民家の少ない場所がいい」

「なるほど、被害を最小限に食い止めたいというわけか。それでは、幸島郡の北山でどうじゃ。あすこなら人もいなければ田畑もない」

「いいではないか」

「あるいは……」

「む、何か案があるのか」

「そなたが馬に乗って走っているところを、儂が矢で射るのはどうだろうか。これならば、仲間が無駄に戦に参加せずに済む」

「それは名案だ。幸いお前は弓矢の名手だ。俺が軍勢の最先方を走れば、馬が倒れたとて味方を巻き込むことはあるまい。俺の首はくれてやるから、くれぐれも俺の味方には手を出すなよ。掃討戦だけは勘弁してくれないか」

「うむ、約束しよう。しかし、興世王と玄明の命は保証できぬ。やつらの行いはあまりに非道であったからのう」

「……それはお前の判断に任せる」

将門は不思議な思いを抱いた。向後、剣を交える相手と酒を飲み、戦の行く末を話し合っている。秀郷は想像以上に人物である、無駄な血を流さずに済みそうであった。

「もう一杯どうじゃ」秀郷が酒の入った瓶子《へいし》を片手で持ち上げた。

「いただこう」将門は手に持っていた杯を差し出した。そこにふたたび酒が注がれた。

「落ち着いたら、またこうして酒を酌み交わそうではないか」秀郷がいった。

「そうだな」将門が応じた。

黄昏が迫っていた。

早春の夜はまだ冷え込む。将門は自陣に待機し、脚気で痺れる足を大きな手で揉みほぐしていた。

朝廷が将門追討の命を下してから、将門は幾度か秀郷および貞盛の連合軍と衝突した。秀郷がどのような指令を下しているのかわからぬが、互いに非道な攻撃をしなかったためか、戦で血を流す者はほぼいなかった。稀に見る静かな戦であったが、従類は常に緊張を強いられることになり、双方とも軍勢の士気は低かった。

とはいえ、このまま勝負をつけないわけにもいかぬ。事前の密談どおり、将門は秀郷の矢に射られる必要があった。将門は敵陣の偵察を任せている物見《ものみ》に、秀郷に宛てた一通の文を託した。

明朝、北山に敷いた自陣から出立する我を射るべし――。そうしたためた。

夜が明けた。風の強い朝だった。

申《さる》の刻《とき》まで待ち、将門は軍勢を引き連れて敵陣へ向かった。血気盛んな多治経明《たじのつねあきら》が先陣を切りたいと申し出たが、将門はそれを断った。

「俺が先頭に立って敵陣に切り込む。お前らは俺が合図をしてから風下にいるやつらに攻撃を加えろ。俺は小便をしてくるから、戻ったら出陣だ」

将門は場を離れ、雑木林に向かった——。

軍勢から十分な距離をとって馬を走らせている。風はいつしか向かい風となっていた。

敵陣が攻め入ってきた。後方に秀郷を認めた。弓をしならせ矢を構えている。矢が命中しやすくなるよう手綱を引き締めているようだった。

その瞬間、風に乗って飛んできた矢が額に刺さり、鞍から転げ落ちるのが見えた。

「秀郷さまが将門を討ったぞ！」

敵陣が騒ぎ立てた。

「儂が首を刎ねる」秀郷の一太刀で首が吹き飛ぶさまが見えた。「これで戦は終わりじゃ。無駄な殺生はするな」

秀郷が鋭い声で自軍の兵を牽制した。戦は終わりを告げた。

「おい、知っているか」

「何の話だ」

「七条河原に将門さまの首が晒されているだろう」

「ああ、坂東で新皇を名乗って謀反を起こし、藤原秀郷さまに斬られたのだろう」

「そうだ。お前はその首を見たか」

「いや、怖くて見る気になれない」

「俺はきのう、用事があって七条河原の前を通ったんだ」

「何、将門さまの首を見たのか」

「最後まで話を聞けよ」

「すまぬ」

「日はすっかり暮れていて、将門さまの首を見物する者はひとっこひとりいなかった。何だか嫌な予感がして、足早に過ぎ去ろうとしたのさ。そうしたら、薄闇の中から『かっかっか』と、笑い声が聞こえてくる。立ち止まって振り返っても誰もいない。いよいよ恐ろしくなって走り出そうとすると、『待て』と呼び止められた」

「それで、どうなった」

「思わず将門さまの首を見て、背筋が凍りついたよ。首から下がないのにかっと目を見開き、目玉をぎょろぎょろ動かしているんだ。俺は好奇心が抑えられずに目を合わせちまった。そうしたら将門さまの首は野太い声で『俺のからだはどこだ』というんだ」

「お前、狐狸に化かされたのではないか」

「いや、たしかにこの目で見た。噂によると、昼間は目をつむっているが、夜になると起きて話し始めるそうだ」

「そんなことがあってたまるか」

「それなら一度、お前も夜に行ってみるといい。俺の話が本当だとわかるはずだ」

「むう。将門さまは首だけになっても生きているのか」

「あれは生きているとしか思えぬ。物の怪の類だな」

「くわばら、くわばら」

朱雀大路《すざくおおじ》で噂話をするふたりの農民の横を歩くひとりの僧がいた。

襤褸の僧衣を身にまとい、剃髪した頭に竹笠を深く被っている。僧は歩幅を広くとり、足早に歩いている。

僧はやがて朱雀門にたどり着いた。奥には大内裏《だいだいり》が見える。そこに、大内裏より出てきた男が近づいてきた。秀郷であった。

「将門か」秀郷がいった。

「そうだ」僧は竹笠の奥からちらりと視線を覗かせた。

「本当に生きていたのだな」秀郷は感心と安堵がないまぜになったような声音で話した。「ここは人目につく。歩きながら話そう」

ふたりは七条河原へ向かった。将門の晒し首を見る野次馬にまぎれるつもりだった。

「秀郷どのよ、いつ下野に帰るのだ」

「二、三日中には都を発つ」

「それならば、下総の無量院という寺に寄ってくれぬか。話がある」

「それは構わぬが……そなたは沙門《しゃもん》になったのか」

「そうだ。それでは、また会おう」

「うむ」

秀郷は踵を返して去っていった。

将門は首塚に近づき、まじまじと晒し首を見た。

人々は八部衆の法力によって幻視を見せられているのだが、自身を模したその首は将門本人と瓜ふたつで、八部衆の法力に感心するよりほかなかった。

秀郷が将門の寺を訪れたのは、初夏のからりと晴れた日だった。

「同じ坂東とはいえ、下総まで足を運ばせてすまない」将門は頭を下げた。

「何、儂は牛車に乗っているだけじゃ」秀郷はにやりと笑った。「そなたを倒したときは気が気でなかったが、こうして再会でき、肩の荷が下りたわい」

「正確には、倒れたのは俺ではなく分身だ。八部衆と呼ばれる者たちの力を借り、俺の分身に身代わりとなってもらったのだ」

「その分身とやらに命はないはずじゃったな」

「そうだ。操り人形のようなものと思ってもらえればいい」

「そなたの命を奪ってしまっては寝覚めが悪いからのう」

「しかし、巷間に俺が生きていると知られれば、大混乱に陥るのは目に見えている。しばらくは晒し首で皆の視線を釘づけにしたい」

「都は晒し首が生きているかのように目玉を動かしたり笑ったりするという噂で持ち切りだが、これもそなたの仕業か」

「正しくは、八部衆の力で晒し首を制御している。そのうち、都から坂東まで首を飛ばそうかと考えている」

「大騒ぎが起きるぞ」

「晒し首に注目が集まれば集まるほど、本物の俺に注意が向かなくなるという寸法だ」

「なるほどのう」

「ところで秀郷どのよ。褒賞は十分だったか」

「ああ。従四位下《じゅしいげ》を叙され、功田を賜った。そして、下野守《しもつけのかみ》と武蔵守《むさしのかみ》、鎮守府将軍《ちんじゅふしょうぐん》の兼任となった」

「えらい出世だな」

「すべてはそなたのおかげじゃ。むろん、賜った田は貧しい農民に分ける。国司の地位をうまく利用し、農民が安心して暮らせる世にするつもりじゃ」

「我が軍を掃討するという官符は出ていないのか」

「幸い出ておらん」

「貞盛のようすは？」

「そなたの討伐で従五位上《じゅごいのじょう》に叙され、有頂天になっておる。三度の飯より出世が好きなやつじゃからのう」

「あいつらしいな」将門は苦笑した。「村岡どのとは通じているのか」

「うむ。村岡どのはそなたの三人の娘を匿っておる。そして、三種の神器をそれぞれ別の場所に隠したそうじゃ」

「かたじけない。俺は世間で死んだとされる身。下手に動けぬから、秀郷どのと村岡どのが頼りだ」

「それはそうと、そなたは寺で毎日何をしているのじゃ」

「戦に敗れた平家の者たちを匿っている。桓武天皇の血筋を引く者には役割がある。かといって、今から大っぴらに表舞台に出ていくと問題になる。僧としての修行を積ませ、農民たちに仏の教えを伝えてもらうつもりだ。怠ける農民の心には邪が巣食っている。この邪を仏法によって取り除くのが俺たちの役割だと確信している」

「そなたが仏法に通じているとは知らなかったのう」

「いつの頃からか、弘法大師さまの教えに心を惹かれるようになったのだ。ともに力を合わせ、坂東に平和をもたらそうではないか」

「そなたが味方であれば百人力じゃ。坂東の平定に力を貸してくれ」

秀郷は将門に対し深々と頭を下げた。官位が上がったとしても謙虚な心を忘れないのがこの男の魅力であった。

「戦の前に交わした約束をおぼえているか」将門が問うた。

「はて、何だったかのう」

「少し待て」

将門はそういって奥に引っ込み、瓶子とふたつの杯を持って現れた。

「また酒を酌み交わそうといっただろう」

「その約束か。すっかり忘れておったわ。だが、坊主が酒を飲んでもいいのか」

「たしなむ程度なら許されるだろうよ」

「では、いただこう」

将門は秀郷の持つ杯に瓶子の酒をなみなみと注いだ。

「返杯じゃ」

秀郷も将門の杯に酒を注ぐ。

将門は杯を口にした。酒はしみじみとうまかった。

「いい酒じゃな」秀郷が目を細めた。

「それはよかった」

「しかし、そなたほどの男を寺に閉じ込めておくのは惜しいな。名を変えて表舞台に出るつもりはないのか」

「平小次郎将門はもうこの世にいないのだ」将門は酒を呷った。「ひとりの沙門《しゃもん》として人事を尽くし、天命を待とう」

「少し寂しい気もするがのう」

「その分、国司である秀郷どのが農民のために働いてくれれば本望だ」

そうしてふたりは酒を酌み交わした。

思い浮かべるのは、戦で命を落とした妻の公子と、どこかで暮らしているであろう三人の娘だった。

妻の命はよみがえらないので諦めるほかない。

心労の種は娘たちだ。将門は僧として別の人生を歩んでいるが、三人は将門の娘という烙印を押されたまま生涯を過ごさねばならない。場合によっては命に危険がおよぶ可能性もある。

けれど、直接会うことは叶わない。

目の前に座る秀郷と村岡にすべてを託そう。このふたりなら信用できる。

将門は酒を呷り、かすかな悲哀と痛苦を胃の腑に流し込んだ。

*

山鳩が鳴いていた。

山道の傾斜は次第に急勾配になっていった。皐姫の呼吸は次第に荒くなり、肩で息をしていた。山賊の襲来に備えることで緊張が高まり、体力の消耗が早まっていた。

そのとき、茂みの間から人影が飛び出した。

「いたぞ、羅刹《らせつ》だ」

鬼の面の内側から声の方角を見た。山賊は三人いた。全員が野卑な顔つきをしている。

皐姫は掌《たなごころ》を合わせ、法力を蓄え始めた。からだは次第に黄金色《こがねいろ》に包まれていった。

「かかれっ！」

恰幅のよい山賊の一声で、ふたりが襲いかかってきた。ひとりは背が高く、ひとりは小柄で素早く動いた。皐姫は動きが緩慢な背の高い山賊に狙いを定め、右手をかざし法力の波動を放った。背の高い山賊は吹き飛び、大樹に叩きつけられた。

次の標的を小柄な山賊に定めた。皐姫は波動を放つが、すばしこい山賊に幾度もかわされてしまう。

後方に人の気配がした。振り返ると、恰幅のよい山賊が太刀を振りかざすその瞬間であった。皐姫は身をかわしたが、左肩から背中を袈裟斬りにされてしまった。

しかし、そこで怯《ひる》む皐姫ではなかった。右手に法力を集め、恰幅のよい山賊の腹部に拳を叩きこんだ。皐姫は間髪入れずに動揺している小柄な山賊を捕らえ、首に腕を巻きつけて頸動脈を締め上げた。小柄な山賊は初めこそ抵抗していたが、次第にからだから力が抜けていき、泡を吹いて意識を失った。皐姫は腕をほどいた。

背中に手を当てると、べったりと血がついていた。法力で治癒をしたいところだが、三人を麓の村まで運ぶのが先だった。

法力で男を三人担ぎ、山を下りた。村に近づくと、野良仕事をしている男が畑から飛ぶように駆けつけてきた。

「羅刹さま、今日も山賊狩りかい」

「ああ」皐姫はそっけなく答えた。

「おや、背中に血がにじんでいるでねえか。すぐに手当てをしなきゃ駄目だ」

「構うな。自分で何とかする」

「まあ、羅刹さまは手をかざすだけで傷をふさいじまう御方だから。それでも、無茶だけはしないように」

農民はそういって皐姫から離れた。

皐姫は人と関わるのがうっとうしかった。父である将門は多くの人に慕われ、誰でも分け隔てなく楽しそうに話していたが、そのような人付き合いは好まなかった。ただし、村人はそうではなかった。これまで散々狼藉を働いてきた山賊を退治してくれる皐姫を敬っており、何につけ皐姫の世話をしたがった。

皐姫は麓にたどり着くと担いでいた山賊を降ろし、三人を並べた。そして、右手をかざして法力による虹色の波動を放った。波動は三人のからだを満遍なく照らした。

「そろそろ起きろ」

皐姫は恰幅のよい山賊の足を蹴り飛ばした。

「うっ」恰幅のよい山賊がうめいた。「ここは?」

「麓だよ。お前らは今まで村人をさんざん苦しめてきたよな」

「も、申し訳ございませんでした」

「これからは心を入れ替えて野良仕事に励めよ」

「承知いたしました、羅刹さま」

恰幅のよい山賊は殊勝な声を出し、気を失っているふたりの仲間を起こし始めた。

皐姫はふたりが起きるのを待たず、間借りしている小屋に戻った。そして、法力で背中の傷を癒した。みるみるうちに傷はふさがった。

山賊を改心させて畑仕事に従事させるようになり、何年が過ぎただろうか。長いようであり、短いようでもある。季節が幾度か巡ったのはわかるが、それが何度かはおぼえていない。

皐姫は陸奥国《むつのくに》の北端にいた。近くには十和田湖があった。村岡五郎良文によって奥州に逃がされ、さらに北へ向かってこの地にたどり着いた。

その間に、ふたりの妹とははぐれてしまった。

三種の神器と玄天経典を次代に引き継ぐのはお前だ――。

父である将門にそう聞かされていた皐姫は、ふたりの妹より大切に扱われた。ふたりの妹も自らの命を賭して姉である皐姫を守ろうとしてくれた。

ふたりの妹とはぐれたのは、朝廷の軍勢に追われていたときであった。命が助かったのかどうかはわからない。会いたい気持ちこそあるが、今は山賊の討伐が先決だと自分にいい聞かせていた。

退治した山賊は、ひとまず野良仕事に従事させた。そして、その数が千を超えたとき、朝廷への反乱軍として蜂起するつもりだった。

父の命を奪ったやつらを生かしてはおけない。皐姫の心には復讐の炎が燃え盛っていた。

皐姫は鬼の面を外し、ため息をついた。

鬼の面を被るようになったのは、素顔を知らしめては朝廷軍に探し出される恐れがあるからだった。むろん、村岡に迷惑をかけてはいけないという心づもりもあった。村岡は、平貞盛を筆頭とする討伐軍に属していたが、裏では将門や藤原秀郷と通じていた。

農民には素顔を晒すこともあったが、身分は明かさず羅刹と名乗った。その方が気楽だったからだ。

しかし、その美貌と気品は隠せず、農民の間では「どこぞの姫君ではないか」という噂が出回っている。皐姫は何度か農民から真実を問われることがあったが、ことごとく無視した。

皐姫は雨の日も風の日も休まず山賊退治を続けた。

山賊は十和田湖の周囲を根城にしていた。皐姫は十和田湖を周回して虱潰《しらみつぶ》しに山賊を探し出し、虹の法力で倒し、改心させていった。

とくに好機となったのが悪天候の日であった。風雨が強かったり豪雪になったりすると、さすがの山賊も村を襲いには来ない。その間隙を突き、皐姫は山賊が根城にしている小屋を襲い、一網打尽にした。皐姫は負け知らずだった。

あるとき、山賊の頭《かしら》が麓の村に下りてきた。

村人は襲われるのではないかと怯えた。皐姫は村に続く道をふさぐように立った。

「山賊の分際で偉そうに道の真ん中を歩くんじゃないよ」

皐姫は近づいてくる盗賊の頭に嫌味を投げつけた。でっぷりと太ったからだをしているが身のこなしは俊敏で、戦術を練る頭の回転も速かった。皐姫は警戒しつつようすを窺った。

山賊の頭は皐姫の前で立ち止まり、ひざまずいた。

「羅刹さま。私は山賊の頭です。今日は折り入って頼みがあり、こうして山を下りてきました」

「話してみな」

「我々は長く羅刹さまと戦ってきました。しかし、千を超す山賊の仲間がいるにもかかわらず、一向に羅刹さまを倒すことができません。それに、半数の仲間が羅刹さまの不思議な力で軍門に下ってしまいました。向後、戦いを続けたとて、我々が羅刹さまを倒す日は来ないであろうと判断しました」

「賢明だな」

「また、我々は羅刹さまの不思議な力、そして気風《きっぷ》のよさに惚れ込んでしまったのです。どうか、我々を羅刹さまの手下にしてくださいませんか」

「ひとつ、条件がある」

「何なりと」

「朝廷と戦う気概はあるか」

「朝廷を敵に回すのですか」

「ああ。すでに私の仲間になった山賊たちは戦に同意してくれている。ともに朝廷と戦う勇気があるのなら、仲間にしてやる」

山賊の頭は絶句している。悪の限りを尽くしてきた山賊でも、朝廷と戦うという荒唐無稽な誘いは即断できないらしい。

「どうするんだい。勇気がないのなら帰りな」

「戦います」

「ほう」

「羅刹さまが我々を率いてくれるのなら、怖いものなどありません。どうか仲間にしてください」

「じゃあ、決まりだね。明朝、下総に発つ。仲間を全員集めてここに来な」

「承知いたしました」

「お前の名は？」

「一介の山賊に名乗る名はございません」

「では、今日からお前の名は持斎《じさい》だ」

「じ、さい……」

「おい、村人が怯えている。すぐに山へ帰って支度をしろ」

「かしこまりました。……あの、羅刹さま」

「何だ」

「名があるとは、大層うれしいものですなあ」

「ああ、そうか」

「この御恩は生涯忘れません。それでは、明朝に」

持斎はそそくさと山へ戻っていった。

思いがけず山賊退治に終止符が打たれる恰好となり、皐姫は清々した気持ちだった。

夜着を蹴飛ばして目覚めた。外はまだ薄暗かった。

皐姫は夢を見た。

眼前にはまばゆい光に包まれた女がいた。女は神々しい光を放つ龍を操っている。名を善如龍王と名乗った。

善如龍王は、自身の御魂が皐姫に転生していると話していた。皐姫が法力を使えるのはそのためだという。法力を活かし、父である将門のように邪の巣食う心を持つ者を打ち倒し、農民に尽くす一生を送りなさいと語っていた。三種の神器を次代につなぐため、聖地に隠さねばならぬともいっていた。

善如龍王は、皐姫の命が尽きたとき、天部に戻るという。

そして、羅刹の名を捨て、夜叉の面を被って夜叉《やしゃ》と名乗るがよいとの助言を授かった。

夢で善如龍王を見たことは、次第に記憶から薄れていくという。

夢を反芻しているうち、睡魔に襲われた皐姫は倒れ込むように眠ってしまった。

ふたたび目を覚ますと、東の空は白んでいた。出立の朝だった。

皐姫は身支度を整え、麓の村まで歩いた。

「羅刹さま、皆を集めました」

皐姫の姿を遠くから認めた持斎は、いかにも待ち切れないといったようすでうれしそうに叫んだ。

皐姫は集まった山賊の群れに目を奪われた。千を超す山賊がひとかたまりになると壮観であった。

そのとき、鋭い視線で睨みつけられているのを感じた。視線の主は山賊だ。それもひとりではない。

「そうか、改心させていなかった山賊どもがいたな。それでは手を打つか」

皐姫は掌に法力を集めた。掌は徐々に光を帯び、十分な法力が溜まったところで空に放った。空に放たれた法力の波動は虹色になり、山賊の頭上に降り注いだ。

改心の済んでいない山賊がばたばたと倒れていった。その中には持斎もいた。改心の済んでいる山賊は、不思議そうに倒れた仲間を見ている。

「すぐに起き上がるから安心しろ」

皐姫は不安げな顔を見せる山賊に声をかけた。

しばらくすると、倒れて意識を失っていた山賊らが目を覚まし、何事もなかったかのように起き上がってきた。

「これより下総へ向かう。敵は朝廷のみ。くれぐれも無駄な殺生や掠奪はするな」

皐姫の言葉に、山賊は口々に「おう！」と答えた。

一行は一路、下総を目指した。朝廷の軍勢に見つからぬよう、できる限りひっそりとした山道を歩いた。体力自慢の山賊たちは、黙々と歩くのを厭わなかった。

数日を経て、胆沢城が近づいてきた。皐姫は山に山賊を待機させ、胆沢城へ向かった。村岡が鎮守府将軍に命じられたとの一報を風の便りで聞いていた。

胆沢城門の近くに待機した皐姫は、村岡が出てくるのを待った。

ある日、城から牛車に乗った一行が現れた。よくよく耳を澄ますと、従者が「村岡さま」といっているのが聞こえる。

掌に法力を溜め、牛車を囲む従者に放った。従者はばたりと倒れ込んだ。牛車が止まったのを不審に思ったのか、物見から顔を覗かせる者が見えた。村岡であった。

皐姫は颯爽と牛車に近寄り、鬼の面をとって村岡に見せた。

「村岡さま、ご無沙汰しております」

村岡は目を丸くした。

「生きておったか。よくぞ無事じゃった」村岡の声は感極まっていた。「ここだと人目につく。城内では儂の遠縁で通してもらおう」

「法力で眠らせた従者はいかがなさいますか」

「このまま寝かせておこう」

皐姫は政庁の正殿に通された。

「さて、どこから話せばいいかのう」村岡は顎鬚《あごひげ》を撫でた。「皐姫よ、将門についてはどこまで知っておるかな」

「藤原秀郷の矢によって命を奪われたと風の噂で聞きました」

「ふむ。世間にはそう伝わっておるな。秀郷に聞いた話では、秀郷の矢に射られたのは将門の分身じゃ」

「分身とは、どういうことでしょうか」

「将門は操り人形のようなものを身代わりとして馬に乗せ、秀郷に矢で討たせたらしい。七条河原に将門の晒し首が置かれて巷間を騒がせている頃、本物の将門は剃髪して僧衣をまとい、下総の南にある無量院という寺に駆け込んだ。以後、平家の者を寺に匿いつつ、農民の救済に人生を捧げたようじゃ」

「人生を捧げた、というものいいが引っかかります」

「うむ、そうじゃな」村岡は中空を見つめた。「将門は天に召された。朝廷に討伐されたわけではないぞ。波乱万丈の人生だっただけに、人よりも早くあの世へ行ってしまったのかもしれんな」

「そんな……」

「そなたにもすぐに伝えたかったが、知ってのとおり、儂は朝廷に仕える身。秀郷どのとともに将門に通じてはいたが、表立って動くのは難しかった。このとおりじゃ」

村岡は皐姫に平伏した。

「村岡さま、どうか頭を上げてください」

村岡は黙って中空を見つめていた。その目は潤んでいた。

「葬儀は内々で済ませた。死に顔を拝ませてもらったが安らかじゃった。それと、不可思議なことがあってのぅ。人目に触れぬよう火葬をしようと棺を外に出した途端、将門の亡骸が急に光を帯び始めたのじゃ。そうして、その亡骸から天に向かって光が伸びていき、雲を突き抜けていったのじゃ。まるで天部に通ずる光の柱のようじゃったな」

「光の柱……」

「それはそうと、そなたは向後どうするのじゃ」

「朝廷と戦います」

「先ほども話したが、将門は朝廷に討たれたわけではない。なぜに朝廷を憎む？」

「父上は農民を救済するために力を尽くせといっていました。飢饉であっても不当な年貢の取り立てを続ける朝廷には我慢なりません」

「考え直せ。陸奥に戻り、ひっそりと暮らせばよいではないか。農民を救済する術はほかにもあるはずじゃ」

「引き下がれません」

「むう」村岡は苦渋の表情を浮かべた。「この話は聞かなかったことにしよう」

「承知いたしました」

皐姫は立ち上がった。

「そなたを守るのが儂の使命ではあるが、朝廷に楯突くとあれば命の保証はできぬ」

「これまでの援助に感謝しています。この御恩は一生忘れません。それでは、失礼いたします」

皐姫は城を出て山賊のもとへ急いだ。久方ぶりに丁寧に話をしたので、からだがむず痒く感じた。

見渡す限りの坂東平野に入ると、国府を避けるべく牛久沼を目指した。あまりに人数が多いため、牛久沼の東にある森の奥深くに身を潜めた。

「持斎よ」

「はっ」持斎はひざまずいた。

「これから私は夜叉を名乗る。そして、国司の穀物倉を襲撃して穀物を奪い、貧苦に喘いでいる農民に分け与える」

「御意」

「忙しくなるぞ」

皐姫は気を引き締めた。


朝廷との戦いは激化していた。

朝廷の命で坂東諸国の穀物倉には強固な警固が敷かれたが、皐姫の法力を駆使すれば警備の兵を突破するのは容易だった。巷は夜叉の面を被った女傑の話題で持ち切りだった。


皐姫は牛久沼の東にある森を拠点とし、子を育てながら山賊を指揮していた。

夫は、ある豪族の子息であった。

朝廷と伍《ご》して戦うため、朝廷に不満のある豪族と会合を持った折に出会った男であった。結局、高慢な態度を咎められ支援は断られたが、豪族の子息は夜叉の面をとった皐姫の美貌に魅せられ、結婚を申し込まれた。

一夜の過ちでからだを許した皐姫は、幾月かを経て身籠ったと悟った。

しかし、戦いは休めない。

ある日、常陸国の穀物倉まで足を延ばす機会が訪れた。男は武術が未熟だったので拠点に残し、山賊の皆がからだを休められる隠れ家を建てるよう命じた。大工に支払う資金も十分に渡した。

しばらくして皐姫と山賊らが拠点に帰ると、男の姿が見えない。数日待ったが帰ってこない。隠れ家を建てる資金は大工に渡されていたが、大工に資金を持ち逃げされたのである。手元には乳飲み子だけが残された。

数日後、皆で穀物倉から盗んだ米を食べているとき、強烈な眠気に襲われた。周囲の山賊がばたばたと眠りに落ちていく。皐姫は必死に睡魔と戦ったが、いつの間にか眠りに誘われていた。

背中に固いものが当たっている。横たわっていたからだを起こすが、暗闇の中で視界が利かない。徐々に目が慣れてくると、周りには従者と仲間の山賊たちがいた。どうやら大きな洞穴に押し込められているようだった。

水も食糧もない洞穴で、皐姫と従者は耐え難い空腹と戦った。山賊も同様であった。中には耐え切れず土を食べ、喉を詰まらせて死んだ者も多くいた。

いったい何日が過ぎただろうか。空腹で法力も満足に使えない中、竹でつくられた頑丈な柵の向こうに人影が見えた。

「ずいぶん弱っているな」

下衆な笑いを浮かべている男は、常陸国の国司であった。

「そなたらの拠点を突き止め、米に眠り薬を仕込んだのは我だ。こうもうまくいくとは拍子抜けだな」男は笑った。「朝廷からの伝達だ。もしそなたが朝廷の陰陽師として仕えるのなら、仲間とともに命は助けるそうだ」

男は酷薄であった。

「貴様、夜叉さまに何をいっているかわかっているのか」持斎は今にも男に一太刀浴びせるかのごとき怒りを発している。

皐姫は持斎を手で制した。

「わかった、朝廷に仕えよう」

「夜叉さま、それではあまりにも——」持斎がいった。

「もうよい。皆が助かるなら、それでよい」

「色よき返答で何よりだ」

こうして皐姫と山賊は一命を取り留めた。恥辱を味わおうとも、従者と仲間である山賊の命を救うべきとの判断であった。

皐姫は朝廷の陰陽師となり、山賊は朝廷の軍勢に加わった。

日々は流れ、子も育ってきた。

皐姫の法力は重宝されたが、その力を疎ましく思う者もいた。藤原実頼《ふじわらのさねより》と藤原師輔《ふじわらのもろすけ》だ。ふたりは兄弟で、村上天皇のもとで政《まつりごと》の実権を握っていた。

兄弟は皐姫が反乱を企てているという噂を流し、処刑に持ち込もうとした。

これに反発したのが農民であった。国司の穀物倉の食糧を農民に分け与える皐姫の噂は都にも届いており、農民から絶大な支持を集めていた。皐姫を処刑するなら自害すると宣言する農民があとを絶たなかった。武器を持って立ち上がろうと声をかけ合う農民も少なくなかった。

農民に命を絶たれて困るのは朝廷だ。年貢の取り立てができなくなる。

朝廷は、時折法力を使う皐姫の子に陰陽師としての萌芽《ほうが》を感じ取り、皐姫の代役として重用する方針を固めた。子であれば、朝廷の意のままに育てるのも容易であると判断したようだ。子は安倍晴明《あべのせいめい》と名づけられた。

一方、皐姫に対しては仏門に下り静かに暮らすよう伝達が下った。皐姫は陰陽師の任を解かれ、将門が晩年を過ごした無量院で余生を送ると決めた。

仏門に下った皐姫は、農民と田畑を耕し、悩みを聞き、病と聞けば法力で癒して過ごした。雨の日は、弘法大師の遺した書を耽読し、その深淵なる世界に浸った。いつしか若かりし頃の険はとれ、顔つきは柔和になり、まるで仙人のようであった。月日は矢のように過ぎ去り、やがて寿命が近づいてきた。法力でも治癒できぬ病を得ていると実感していた。

日に日にからだはやつれ、食欲を失っていった。一日の大半を寝て過ごし、次第に立てなくなっていった。

皐姫は来し方を思って余生を過ごした。

子である安倍晴明には、法力は人々のために使うこと、そして隠してある三種の神器と玄天経典の在処をすでに伝えていた。命の危機を悟ったとき、なすべきはすべてなしたと実感した。

その日の朝、目を覚ますと声が出なくなっていた。いよいよ最期が訪れたようだ。死を前にして、からだは黄金色の光に包まれている。

村岡の言葉を思い出した。将門が死した晩、からだから放たれた光が天へ向かっていった、と。もし自分のからだを包む光が天に向かっていくのなら、その光の正体はあの日の夢で見た善如龍王なのだろう。

結局、あの日の夢で見た善如龍王の言葉を守れたのだろうか。邪を滅し、農民を救えたのだろうか。しかし、皐姫には後悔はなかった。

次第に意識が薄れていく。

皐姫はそっと目を閉じた。

おわりに

〝光の存在〟、すなわち神仏は、我々の三次元世界を含む、銀河・宇宙の創造・破壊、再生を行っているが、彼らは、人間にわかりやすいように、神仏を名乗り、我々が正しい未来に進むようにメッセージを送ってくる。

弘法大師は弥勒菩薩の式神になるという契約により大龍王となったことで、今も我々を見守り、メッセージを伝えてくる。その弘法大師をはじめとする光の存在による、平安時代から始まった千二百年にわたる壮大な計画は、ただ単に全人類に平等に手を差し伸べるという感傷的なものではない。

光の存在は、今生《こんじょう》の人生において、その使命を全うする人の正しい御魂だけを選んで、次の新しい宇宙・銀河を形成する生命の種として、次の次元の世に導くのである。

この書、『天部の戦い』は小説として出版しているが、弘法大師をはじめとする〝光の存在〞から直接伝えられた内容であり、正に〝真実の物語〞である。

つまり、この本の内容は、著者である私が、考えたり調べたりして書いたものではないことを伝えておく。

弘法大師から「この書が多くの人に読まれて広まることで、この世が正しい方向に向かう力となる」という力強いメッセージをいただいており、この書を多くの人に読んでいただくことが、私の重要な使命である。


この書には、奇想天外な内容が含まれているが、そこは、この世の次元と神々の次元との重なりを考慮し、思考を柔軟にしていただき、それぞれが一歩、先の未来へと歩みを進めていただきたい。

北の聖地で、皐姫《さつきひめ》の慰神碑が完成した二〇二一年の夏頃から、日本三大怨霊といわれる菅原道真公、平将門公、崇徳天皇の過去の歴史が正され、この三つの成功した時空が、歪んだこの世の時空と並行して未来に向かって進んでいると伝えられている。

現在、この世界を含めた四つの時空は補正されながら並行に進み、やがて三つの成功した時空とこの世の時空が融合し、本来あるべきひとつの正しい時空ができ上がるという。

さらに、この世が正しい未来に向かって的確に歩みを進めるためには、この書がより多くの人に読まれることが必要である。

今、この時代において、何が真実なのかを見極めるのは、読者の皆様の考え方次第である。しかし、我々は、何が真実なのかを見極めることで、間違った未来を選択しないようにしなければならない。

この書が、来たるべき新しい未来の礎の書となることを願う。

ドリームプロジェクトが配信しているSNS

- **TikTok 白龍《はくりょう》 虎俊《たけとし》**

光の存在からのメッセージや神仏の存在を示す奇跡の動画、実際に体験した不思議議な話などを紹介している。

- **白龍《はくりょう》Healthy Cook**

Cooking sceience（料理科学）の観点から、肉、魚貝、卵などの動物性食材を使わない〝美味しくかつ心も身体もリフレッシュできる健康的な料理〟を紹介している。

https://www.youtube.com/channel/UCFlfAYp1d_NNIsddw6-8ZyA

- **Dragon Channel**

我々、銀河防衛隊が配信しているＳＮＳである。
高次元の光の存在からのメッセージをわかりやすく皆さんにお伝えしている。また、地上波ではけっして流すことができない光の存在を示す動画や奇跡の不思議議な動画も紹介している。

https://www.youtube.com/channel/UC-WLHEdLbQs3xRGXH5XqOcg/videos

- **全国のパワースポットを巡る 一三《いさ》の旅《たび》 Channel**

千手大社を背負い、全国のパワースポットや神社を巡って紹介している。

https://www.youtube.com/channel/UC2H8zZiGX7LfXfGCSa9l4Vw

白龍虎俊（はくりょう たけとし、HAKURYOU TAKETOSHI）
1957 年生まれ。北海道大学卒業後、外資系製薬会社に勤務。
1995 年に医薬品広告会社を設立し代表取締役就任。
2006 年に医薬品の開発を行う大学発ベンチャー企業を設立し代表取締役就任。
2019 年に光の民の 1200 年間にわたる壮大な計画を実施するための会社を設立し代表取締役就任。
現在、ドリームプロジェクトの実施及び全国の聖地の現地調査を実施し、隠された暗号と高次元宇宙からのメッセージを解き明かして SNS で発信している。
また、新時代の扉を開くための“導きの書”である玄天《こくてん》経典や小説を執筆し、TikTok“白龍 虎俊”、“Dragon Channel” などを配信している。

「高次元宇宙からのメッセージ　神言密教書　玄天経典第一巻」（2021年11月刊行）
「高次元宇宙からのメッセージ　神言密教書　玄天経典第二巻」（2022年5月刊行）
「凡人林さん」（2022年5月刊行）
「短編集 熟言《じゅごん》 一巻」（2022年9月刊行）
「高次元宇宙からのメッセージ　神言密教書　玄天経典第三巻」（2023年8月刊行）
「真の英雄たちの物語」（2024年7月刊行）

天部《てんぶ》の戦《たたか》い

2024年9月20日　第1刷発行

著　者　　白龍虎俊
発行人　　久保田貴幸

発行元　　株式会社 幻冬舎メディアコンサルティング
〒151-0051　東京都渋谷区千駄ヶ谷4-9-7
電話　03-5411-6440（編集）

発売元　　株式会社 幻冬舎
〒151-0051　東京都渋谷区千駄ヶ谷4-9-7
電話　03-5411-6222（営業）

印刷・製本　中央精版印刷株式会社
装　丁　　弓田和則

検印廃止
©TAKETOSHI HAKURYOU, GENTOSHA MEDIA CONSULTING 2024
Printed in Japan
ISBN 978-4-344-69169-8 C0093
幻冬舎メディアコンサルティングＨＰ
https://www.gentosha-mc.com/

※落丁本、乱丁本は購入書店を明記のうえ、小社宛にお送りください。
送料小社負担にてお取替えいたします。
※本書の一部あるいは全部を、著作者の承諾を得ずに無断で複写・複製することは禁じられています。
定価はカバーに表示してあります。